RONSO KAIGAI MYSTERY

THE SPOTTED CAT AND OTHER STORIES

論創海外ミステリ69

ぶち猫 コックリル警部の事件簿

Christianna Brand
クリスチアナ・ブランド

深町眞理子・吉野美恵子・白須清美 訳

論創社

THE SPOTTED CAT AND OTHER STORIES
by Christianna Brand

Seven stories extracted from
THE SPOTTED CAT AND OTHER MYSTERIES
FROM INSPECTOR COCKRILL'S CASEBOOK
by Christianna Brand

目次

コックリル警部

白須清美訳

二千語でお願いしますということだ――「あるいは、その前後で」。これほど重要な人物について、たった二千語で書けというのだろうか？　わたしが心血を注いで作り上げたコックリル警部のことを、一パイント入りの壺にぞんざいに押し込めと？

　ああ――それだけあれば上等じゃないかといわれるかもしれない。コッキーについては、まず小男だということは認めていいだろう――英国の警察官に求められる身長に数インチ足りないという点が、彼の特徴だ。彼はもともと、自由闊達《かったつ》に、悩みのない日々を過ごしていたのだ。わたしがディテールの精密さという悪夢に悩まされるまでは。彼の登場歴の合間に、その身長について「実際よりも低く見える」などの言葉をつけ加えようとしたこともある。しかし、だいたいにおいて、彼はスズメのようだと描写されているのである。小さくて薄汚れた、茶色いスズメのようだと――「すぐに彼はスズメのように飛び跳ね、情報のかけらを漁ってあちこち動き回った」「何ておかしな小男かしら！」と、『はなれわざ』のルーリーは思うし、「血兄弟」という短編では双子のひとりが「小さな男だ」という。しかも気の毒なことに、こう続けるのだ。「定年間近だな。まるでじいさんだ」

　コックリル警部は、警察官になるには身長が足りないだけでなく、どうやら年も取りすぎているようだ。

確かに『疑惑の霧』（英題『ロンドン名物』）では、彼の髪は灰色だと書かれている。だが、それが多少なりとも彼にふさわしい描写だとしたら、ムッシュー・ポアロをお手本にしたのではないかという思いを抱くかもしれない。というのも、ほかのあらゆるところで、彼はまぎれもない白髪だと書かれているからだ。「小柄な浅黒い男で、つるりとした広い額の下には、深くくぼんだ明るい茶色の鳥のような目があり、鼻はワシ鼻、そして大きな頭を白髪がふわふわと縁取っている」「縁取っている」というからには、禿げてはいないが、てっぺんは少々薄くなっているのだろう。いずれにせよ、彼は汚らしい老人にならないよう気づかう程度には年を取っている――そして、かわいい女の子をこよなく愛したいと思っている。これほど実態とかけ離れたことはないだろう――愛情に満ち、人を信じやすい姉妹、ヴィニシアとフラン、悲しげで物静かなエスター・サンソン、魅力的なルーリー、滑稽で傷つきやすく、それでいてぴちぴちした、セクシーなロウジー――誰もが、彼といても安全だ。そして、あの恐ろしいグレイス・モーランドは、彼に秋波《しゅうは》を送ったこともあるが、「それは遊び半分といったものだった。というのも、彼は教養も家柄も、自分とは釣り合わないと考えていたからだ」。コックリルは彼女を恨むでもなく、ただの感傷的で好色な女だと考えていた。このことを引き合いに出したのは、ただ、彼がすでに少しばかり老境に入りかけていることを示したかっただけのことだ。『はなれわざ』には、きわどい場面がある。サン・ホアン・エル・ピラータ島の警察署長が、彼が英国警察の一員だと信じようとしないシーンだ。観光ガイドはやむを得ず、不安そうにいった。「警部、彼がいうには――あなたは警察官にしては年を取りすぎているということですが」

「年を取りすぎている?」と、コッキーは悲痛な声をあげるのだった。

しかし、もし警部が年寄りだったとしても、彼の青春時代に昼興行《マチネー》のアイドルがそうだったように、三十年間同じ年齢でいることでそれを埋め合わせているはずだ。これ以上説得力のある対比はないだろう。服装は、完璧な服飾の極地というには程遠い。彼はまず、手近な帽子をかぶる癖がある。「ああ、気にしないでくれ――ちょうどぴったりだ」と、彼はいうだろう。耳や目をふさがない帽子なら、コックリル警部にはぴったりなのだ。『間違えて巡査の帽子をかぶってきてしまったようだ』彼は苛立たしげにそういって、大きすぎて目を覆ってしまう帽子を五度目に押し上げた。『よくやるんです』彼はただただ、このアクシンデントによる居心地の悪さしか気にしていないようだった」その帽子は、彼の頭に横向きに乗せられて、近衛部隊に別れを告げるナポレオンの素人っぽい解釈に見えただろう。確かに、外国を訪れたとき――コッキーは外国が大嫌いだった!――彼はなかなか見事な麦藁帽子を手に入れたが、「いつもと違って、二サイズも大きなものは買わなかった。ところが明らかに小さすぎて、彼の立派な頭に紙の舟のように乗り、白いものが混じりかけた髪にしぶきを上げて前進しているかに見えた」。彼はしわくちゃのグレーの背広を着て、時代にかなり先駆けて、みすぼらしい古いレインコートを肩にはおっている。チェーンスモーカーで、ちびた煙草を振り回し、右の手のひらで包むように持っているので、ニコチンで汚れた指先がマホガニーの木を接《つ》いだように見える。

しかし、どう見てもわがヒーローは愉快な男ではない。「コックリル警部に、それを当てにしたことはないよ」と、「血兄弟」の若い悪党はいう。「それに、正直いって少しぞっとするね。あの鳥のように鋭い目が、すべてを見透かしているようで……」

わたしは処女作でロンドンを舞台にしたので、彼を登場させるときには、地方を背景とした作品が書きたかった——つまり、地方の警察官が必要になったのだ。そこで彼は、ケント州の警察官ということになった。作者にとってはやりにくい仕事だ。犯罪がロンドンで起こったら、そこへ呼び寄せなくてはならないからだ——そこで彼は、非公式な形でしか介入できないことを余儀なくされた。容疑者の個人的な友人などの役どころだ。無邪気なほどそっかしい、ニュー・スコットランド・ヤードのチャールズワース警部がひどく気に入らず、周囲に面倒を巻き起こす。ときどき、場所柄をわきまえず勝ち誇ってみせるのはいうまでもない。「そして、満足げに目く《エ・アヴェック・アン・クランドゥイユ・》ばせすると《サティスフェ、》、コックリル警部は脚を引きずりながら、夜の中へと去っていった《アンスペクトゥール・コックリル・ザン・アラ・クロパン・クロパン・ダン・ラ・ニュイ》」というのは、『ジェゼベルの死』のフランス語訳だが、クロパン・クロパンというのはまさに、いい得て妙だと思う。

しかし、ヘロンズフォードの家では事情がかなり異なる。「コッキーはマントルピースに脚を載せて座っていた——幸い、マントルピースは低かった。さもなければ、彼の脚は垂直になり、お尻が燃えてしまっただろう」そして彼は、やがて訪れる引退の恐怖を噛み締めるのだ。変装道具を買い、私立探偵のふりをして、退屈をしのがなければならない。しかし、それは別の場所でやったほうがいい。「ここへロンズフォードでは、そんな試みは何の役にも立たないだろう。どんなに濃いひげを生やしたところで、長年ケントの鬼と呼ばれていた彼を見つけるのはたやすいことだ……」

そして間違いなく、彼はひどく気性が激しい。「彼は怒りっぽい外見の下に、黄金の心臓を持っているといわれる。しかし、その心臓はごく小さく、はるか奥深くまで掘らなければ出てこないのだから、そこまで骨を折るほどの価値はないと苦々しくいう者もいた」彼はずっと前に妻を亡くし、たったひとりの子供も亡くしている。そして二人とともに「希望のすべてと、信仰、慈悲の大半」も失った。それでも心は残っていたが、それも深く埋もれてしまった。彼は逮捕された女、無実の女、そして殺人という醜い企てを試みたすべての女に優しく、親切で、理解のあるところを見せる。また、メイダ・ヴェイルの家の最上階に住んでいる魅力的な老婆に対しても。彼女は実際よりも相当頭の弱いふりをして、退屈を紛らせている。また彼は、内なる衝動に突き動かされてたった一度の罪を犯した容疑者に同情を寄せる。一方で、彼は歯に衣着せず、手厳しい。「彼は、それは愚かで不健全なことだと思った。彼女は自分の罪のために死んだのに、家族の目にはいつしか殉教者のように映ってきたからだ。真実に直面すべきだ、と彼は思った。『彼女はそれをやろうと決め、首尾よくやり遂げたのです。しかも素早く、巧みに……』」コックリル警部には、偽りの感傷はひとかけらもないのである。

成功の秘密？——変ないい方だが、それは失敗をしないことだ——と、思う。彼は物質的な、細かい捜査に長けているわけではない。「その間、腹心の部下たちが、絶え間なく働いていた」と、作者は書いている。作者自身、どういうものかよくわからないのであるが。そして彼は指紋検出薬や拡大鏡は専門家に任せ、その発見から余分なものを消去し、真実を突き止めるのである。彼が鋭い観察眼を持っているのは間違いない。人間の本質について深く理解し、完全な誠実さ、献身、そして大いなる知恵がある。そしてたぶん、われわれも知っているように、犯罪の世界での長すぎる経験も。(「そして、オーブンの中にパンができたってわけ」と、いたずらなロウジーは『疑惑の霧』(英題『ロンドン名物』)の中でいう。彼女は最近大陸を訪れたさいに、若い娘にはふさわしからぬ行為をしたことを告白したのだ。そしてコックリルに、ショックを受けたでしょうという。「とんでもない」とコックリルは答える。「あんたもいつか、ヘロンズフォードの警察裁判所に来てみるといい!」)

そして何より——彼は辛抱強い。

別のいい方をすれば、そしてこの人物評については、これは一パイントの壺どころではなく、胡桃《くるみ》の実にまで凝縮したものだといえる。というのも、コックリル警部は、わたしの義父にそっくりの人物なのだ。そして義父は、五十年以上、ヘロンズフォードと同じくらいの規模の、ウェールズの鉱山町で開業医をやっていた。

だから何よりも——コッキーの原型には辛抱強さがある。医者が患者を診《み》るのに必要な資質は、警部にだって必要なものではないだろうか? 観察力、理解力、無関係なものを正しく分別し、ただひとつの診断に導く才能。原因と結果とを鋭く判断する力、常に積み重ねていく経験、清廉さ、知恵……。

そう、義父は鋭敏で、聡明だった。そしてコックリル警部も鋭敏で、聡明だ。名医のように、彼はあらゆるところを調べる。ある若者が、女を殺したと告白した。胸には「申し訳ないことをしたという気持ちを表すため」十字架のブローチを置いたというのだ。

「あんたは嘘をついている」と、コックリルはいう。「そのブローチは曲がっていて、ピンが上を向いていた。敬意を表しているようには見えないがね」しかし、後日ある男が、死体を見つけたときにブローチを手に取り、それからまた元に戻したと告白する。最初に見たときには、ブローチはきちんとしていたと。「そんなふうに置いたのだろうと思っていました――だって、十字架ですから」彼はつけ加えた。「これが重要なことでしょうか?」

「何を重要と呼ぶかによるがね」コッキーは辛辣《しんらつ》にいう。「これで、ひとりの男が絞首刑になる」

しかし、実際のところ、このときは彼が間違っていた。そして、彼はしばしば間違うのである――最後の瞬間までは。彼は決してうぬぼれ屋ではない――うぬぼれは、探偵にとっても医師にとっても、最大の弱点ではなかろうか?『緑は危険』で、彼は麻酔室と手術室の中で、自分の理解の及ばない恐ろしい体験をしている。「コックリルは正視できなかった。普段は鋭く、明晰な頭脳は、恐怖と自問、ひどい不安で混乱しきっていた。安全そのものだと思って実験したのだ。人間の命という重大なものを賭けて、突然すべてが悪いほうへ転んだらどうする?」彼は汗をかいた手のひらを手術衣でぬぐい、恐ろしいパニック状態を抜け出そうとする。

しかし彼は、お決まりの外科医、制服を着た信頼の置けるワトスン医師なしで、自分の頭脳にしたがって行動する――たぶんそのせいで、最後に真相が明らかになるまで、彼の心の動きがよく見えないのだろう。確かに、立派で信頼の置ける人物が常に彼に従い、指示を受け、事の成りゆきを見守るということもありうる。しかし、コックリル警部の場合、愛想のいい下役が自分の質問をあれこれ挟むことはない(かつて、たたき上げの警察官に、上役の前で巡査がそんなふうに振る舞うことが実際にあるだろうかと訊いてみた。彼は低い声でいった。「昇進を望むなら、まずありえませんね」)。

チャールズワースが担当する事件に関わるとき、警部は武装中立の立場を取る。「ああ、そうだ！」初めて会ったとき、チャールズワースは無邪気にこういった。「確か、ケントの病院の事件でへまをやらかした方ですね？」友人のために捜査に入り込むと（コッキーは常に温かく歓迎される――彼は情報や推理をきちんと報告するからだ。ただし、些細な事実をほんの少しだけぼかして――愚かな若者が気づかなかったとしたら、お気の毒さまというわけだ！）、彼はある意味、策を弄《ろう》して自分の捜査を行う。そしてチャールズワースは、それを哀れみの目で見る。『ジェゼベルの死』の、ひどく入り組んだ事件で――誤った容疑者を――警部が売り込むのを聞き、彼は笑いを禁じえなかった。もう年だな――誰でも同じだ！　コッキーはその笑いを見て、かっとなる。だが――「あなたは頭がいい」と、ついに妄想に屈した真犯人が告白するのだ。そして警部は、チャールズワースの顔をちらっと見て、脚を引きずりながら《クロパン・クロパン》夜の中に去っていく。

私の義父は小男で、初めて会ったときにはすでに白髪頭だった。古いレインコートをはおり、サウスウェールズの谷間に絶え間なく降る小糠雨の中へ、短い脚で出かけていった。一日に二十人から三十人の患者を往診していた義父は、たくさんの帽子を持っていた。けれど、彼を面白い男だと思う人は誰もいなかった！　義父の頭は鋭く、まなざしは、いたずらっぽくほくそ笑んでいるかのように明るかった。診療所は古い廏舎《きゅうしゃ》を改造したもので、そこからほんの少しの薬と、たくさんの地に足のついた助言を処方し、患者はわたしに、義父は死者を生き返らせることができる人だと真顔で語った。コックリル警部について書くことで、わたしもほんの少しの時間、死者を生き返らせることができたようだ。そしてしばらくの間、心からあこがれ、尊敬し、深く愛する人と、もう一度ともに生きることができた気がする。警部をおかしな小男だといったルーリーは間違っている。「真実がそんなに大事なことだと思いますか?」わたしの作り上げた、最も悲しい、最もよき――本来善人であるという意味において――殺人者は、こう尋ねる。「ええ」と、コッキーは答える。「それは神聖なものなのです。あなたが医者なら――命を守りたい一心で働くでしょう。警察官もしかり――真実を守りたいのです」わたしにとっては、彼は小男でもなければ、おかしくもない――こんなところだろうか?

二千語でお願いしますということだった。あるいは、その前後で。

最後の短編

深町眞理子訳

真夜中になっていた。主任警部が規定の被疑者への通告を行なった（この作品が書かれた当時は、警察官が被疑者にたいして、陳述を行なうかどうかは任意であり、またその陳述は、公判で証拠として用いられることがある旨を通告していた）。それから、捜査課のコックリル警部と目くばせしあったあと、おもむろにつづけた。「といっても、べつに急ぐことはない。なんなら、あすの朝になってからでもいいんだ」あとになってから、警察が被疑者を痛めつけて理性を失わせ、へとへとに疲れきったところで供述書を書かせた、などと弁護士に申したてられたくはない。けれども、被疑者にはもはや、抵抗する気力は残っていなかった。「ペンを貸してください」と、青年は言った。「書きますよ。そのほうがいっそさっぱりする。文章を書くのには慣れてますから」そして、こう頭書きした——「いずれ出版《パブリッシュ》されるはずのわが短編小説のひとつ。……もっともそうなるのは、ぼくの死後のことでしょうけど」この当時は、まだ死刑が行なわれていたのである。

だが、実際にはそれは、刑が執行されるのよりも前に、公表《パブリッシュ》されることになる。そうでなくてどうして、その刑が執行されることがありえよう？

パムと結婚したかった（と、供述書は述べている）。だが金がなかった。パムは冗談めかして言ったものだ。「こうなったら、お金持ちのエレン叔母さんを殺すしかないわね」それでぼくも言った。「うん、そうだな。そしていとこのピーターに罪をなすりつける――そうなれば、遺産はぼくの独り占めだ」ぼくらはその後もそれについて検討を重ねた。それがとっくにジョークではなくなってしまってからも、まだそれが、さもジョークであるかのようなふりをしつづけていた。

パムもその計画には加担していた。とはいえ、叔母さん殺しそのものには加担していない。事件の起きたときには、遠く離れた場所にいた。彼女がやったことと言えば、あらかじめ教えておいた台詞《せりふ》を、電話口でくりかえしたことだけだ。

いとこのピーターとは、隣り合わせのフラットで暮らしていた――実際にはワンルームのアパートだが、いちおうホテルサービスつきのフラットと呼ばれている。壁は紙のように薄い。日がな一日、ピーターのタイプライターの音が壁ごしに聞こえてくる。物書きという仕事のうえで、彼がぼくよりもたいしてうまくやっているわけではないが、それは彼が怠けていたためではない、これだけは確かだ。かたかた、かたかた、かたかたと、二本指で飽きもせずタイプを打ちつづける――おかげでこっちは気も狂いそうになる。とはいえ、いよいよ事件当日になったら、すくなくともこれは、彼がずっとフラットにこもっていて、夕方六時までは、まったくアリバイがないということを意味することになるだろうが。

あらかじめエレン叔母さんに、四時に電話してくれるように頼んでおいたところ、叔母さんはいかにも叔母さんらしく、四時きっかりに電話してきた。それで、通いの家政婦としてピーターとぼくの家事をやってくれているジョーンズ夫人は、ちょうどその時刻にぼくの部屋にいあわせることになり、ぼくがエレン叔母さんに、一カ所寄り道をして、五時半にそちらへお茶をごちそうになりにゆく、そう話しているのを聞くことにもなった。「ちょっと遅れるかもしれないけど、勘弁してね、ネル叔母さん。雑誌の《ブラック・チューリップ》に載せる短編を書いてるところなんだ。きょうじゅうに終わらせるって約束したものだから。もうあと一時間もかければ、きちんと仕上げて、そっちへ行く途中で渡せるはずなんだよ」

じつをいうと、その短編はすでに三日前に完成していたばかりか、最後の数パラグラフは、まるでぼくが叔母さんとのお茶の約束に出かけてゆく前に、時間に迫られて書きなぐったみたいに見えるよう、いくらか乱雑な文字で書くという細工さえしてあった。ぼくは、すでに帽子もかぶり、コートも着こんだジョーンズ夫人に、いま料金を支払うから待っていてくれと手真似で知らせ、エレン叔母さんとの話が終わるやいなや、受話器を架台にもどすかわりに、こっそりテーブルに置いた。そして半クラウン貨（一九七一年に廃止された英国の硬貨。二シリング半にあたる）を三枚とりだした。「どうもお世話さまでした、ジョーンズさん。じゃあまた来週に」

いずれ警察がこの部屋に乗りこんでくるより前に、万一、受話器を架台に置きなおす機会がなかったとしても、その場合はジョーンズ夫人が、ぼくがエレン叔母さんとの話に気をとられていたため、うっかりそれをきちんと架台にもどさなかったのだろう、そう証言してくれるはずだ。些細な点だが、そこまで考えたうえでのことだった。

という次第で、これでもうぼくがフラットを留守にしているあいだ、だれもここへは電話してこられなくなった。だれかがじかにここを訪ねてくるという気づかいもない。ピーターもぼくも、かねがね友人たちには、日中は仕事の邪魔をしないでほしいと言い含めてあるし、おたがい同士にたいしても、同様――毎日九時から六時までは、呼び鈴が鳴っても、ぜったいに応答しないことにしている。とはいえ、電話ならいつでもかかってくる可能性があるのだし、その場合、ぼくの部屋の電話がりんりん、りんりん鳴りつづけているのが薄い壁ごしに聞こえるのに、ぼくが電話に出るようすは、ついぞ聞こえてこなかった、などとだれかさんに証言されては困るのだ。

ジョーンズ夫人が靴屋から修繕のすんだぼくらの靴をとってきてくれていた。ぼくの知るかぎり、彼女はそのことでわざわざピーターに声をかけたりはせず、たんに彼の靴は彼の部屋の外のロッカーに入れてゆくだけだ。つまりぼくらは、ジョーンズ夫人をもよく躾《しつ》けてあるのである。こっそり部屋を忍びでたぼくは、ピーターの靴をそこからとりだし、履いてみた。ちょっぴり窮屈だが、履けないことはない。自分の靴はレーンコートのポケットに入れた――ピーターの靴を履いているところを見つかってはまずい。

彼の靴は、現場を立ち去る途中で、河にでも投げ捨てることにしよう。それでも犯行現場からは、底に真新しい修繕跡のある靴跡が見つかるはずだし、運がよければ、靴屋がそれを自分の仕事だと認めてくれるだろう。しかもピーターは肝心のその自分の靴を、これこのとおり、と出して見せることすらできないのだ。もっともぼくとしては、さほどその靴跡に多くを期待していたわけではない。自分の靴跡を残すという危険を冒すわけにはいかないから、ピーターの靴を借用したまでのこと。彼にとって真に不利な証拠は、いずれ灰皿の分析から出てくるはずなのだから。

しばらく前だが、エレン叔母さんがいきなりぼくらに、あんたたちはふたりとも煙草をやめなきゃいけない、そう言ったことがある——喫煙は、おぞましく、かつ危険な習慣であり、ぼくらのどちらも、そのような危険を冒すべきではないと確信する、と。叔母さんのためだろうと、他のだれのためだろうと、煙草をやめる気などぼくにはこれっぽっちもなかったが、むろんその場では、やめると約束した。だが、正直者のピーターの場合は、そうはいかなかった。「それは無理だよ、ネル叔母さん」そう彼は言う。「約束するだけなら、口がくたびれるまで何べんでも約束してみせるけど、その約束が守れないことは、わかりきってるんだから——叔母さんが背を向けたとたんに、またぞろ煙突みたいにぷかぷかやりだすに決まってる。そうさ、まちがいない」

こいつはちょっと言いすぎだな、一瞬、ぼくはそう思った。叔母さんは彼を見つめ、それからぼくを見つめた。ぼくがなにか言うのを期待するように、ずいぶん長いことじっと見ていたが、ではなんと言えばよかったのか、今日にいたるも、答えは見つからない——すでにぼくは厳粛に禁煙の誓いを立てたのだし、それ以上、なにを言うべきことがあるだろう。叔母さんは待ち、ぼくもただ待った。それからふいに、いつものお得意の〝手のひら返し〟というやつか、いきなり叔母さんは声をあげて笑うと、こんなことを言いだした——まあね、すくなくともそれは正直でいいわ。どうせあたしなんざ、古くさくて退屈な偏屈者のばあさんだし、だれもまともにとりあっちゃくれないんだから、と。そして、その日からというもの、ぼくらが叔母さんに会いにゆくたびに、うちじゅうにくそいまいましい小さな灰皿があふれ、煙草の灰はカーペットのいい養分になる、などというおもしろくもないジョークが、こっちが悲鳴をあげたくなるまでくりかえされることとなったのである。

だがそれにしても、これがピーターというやつなのだ！　いつもいたって素朴に、誠実そうに、口ごもりつつも拒絶し、否定し、本音をぶちまける。しかもそれを何度でもしゃあしゃあとくりかえすから、そのうちには、相手も気を許すようになるのだ。そのときそう思ったのをぼくは覚えているし、さらに、こいつならば殺人の嫌疑だって、この調子でうまく言い抜けてしまうかも！　そうも思ったのを覚えている。実際に彼がそれを試みるはめに陥ったときのことを思うと、なにやら残忍な悦びを感じもしたものだ。といっても、なにもとくに彼に含むところがあったわけではない——正直な話、彼は気のいいやつだし、ひとのためになんでもしようという心意気も持っている。ただあいにく、彼のそうした底抜けの誠実さが、ときとしてこちらの神経を逆なでするというだけなのだ。

そのつぎにふたりして叔母さんのうちを訪れたとき、ぼくは灰皿のひとつをくすねてきた。たくさんあるから、ひとつぐらい紛失したところで気づかれるとは思えないし、かりに気づかれたとしても、そのときはエレン叔母さんはすでにこの世になく、その件を持ちだされるおそれはない。くすねたやつは、ハンカチにつつんだ——ピーターの吸った煙草の灰、ピーターの吸った煙草の吸い殻、それにピーターの指紋、なにもかもそっくりそのまま。もとより、ぼくの使った灰皿はどこにもない。ぼくはもう煙草を吸ってはいないから——いずれにしろ、エレン叔母さんの家では、けっして。

四時十五分過ぎ、その灰皿をたずさえて家を出た。ただあいにく、灰皿の中身は、いくぶんかびくさくなっていた。警察の科学テストが当節のように発達すると、なにが検出されるかわかったものではない。そこで、その中身を捨て、きょうの昼飯どきにピーターがぼくの部屋で吸った吸い殻二、三本と、新しい灰とに入れ替えた。むろん、指紋だけは慎重に保存しておいたから、それも含めて、すべてをもう一度ハンカチにつつみなおし、レーンコートのポケットにしまった。そのコートを着て、ソフトをかぶり、手袋をはめた。戸外は寒かったから、手袋をはめていてもおかしくはない。ポケットを軽くたたいて、自分の靴をまちがいなく持っていることを確かめた。それから、意識的に椅子に腰をおろし、あらためて手順のひとつひとつを頭のなかに思い浮かべ、点検していった。

ピーターか、ぼくか。せんじつめればそういうことになる——ピーターか、ぼくか。動機もおなじ——ともに金に窮している。申したてることもおなじ——彼は自室で仕事に励み、ぼくも自室で仕事をしていた。どちらの申し立てにも証拠はない——彼は電話を持たないし、ぼくは（うっかり）自分の電話がつながらないようにしてしまっていた。どちらも呼び鈴には応答しない。アリバイがないこともおなじ——ぼくらのどちらもたしかに外出しなかったという事実、それを証明してくれるものは、だれひとりいないのだ。

ピーターと、ぼく——ほぼおなじ背丈と体つきの、ふたりの若い男。色も形もかなり似かよった、帽子とレーンコートを持ってもいる——万が一、霧の深い夜に、叔母の住む寂しい一軒家の付近で目撃された場合にそなえてのことだ。そのレーンコートは、ひょっとして返り血を浴びでもした場合を考えて、汚れがめだたない特殊な防水のものを選んで買った。かりにそういう事態になったら、このレーンコートは処分せねばなるまいが。

ピーターと、ぼく――ふたりとも、金持ちのエレン叔母さんの殺害容疑者としては、甲乙つけがたい。とはいうものの、庭で発見されるはずの足跡は、彼のものと認定されるはずだし、使われたばかりの灰皿の指紋もまた、まずまちがいなく彼のものと確認されるだろう。そのうえこっちには、実際の犯行時刻に、れっきとしたアリバイがあるのだ。

エレン叔母さんは驚いた。ぼくが約束の時間よりもずいぶん早く、五時二十分前に着いたからだ。作品を届けるために寄り道するのは、結局のところやめにした、原稿はまだ脇にかかえたこの封筒のなかにある、そうぼくは言った。叔母さんはそのまま応接間にひきかえしていったが、ぼくは、ちょっとトイレを借りると断わって、手袋をはめたまま二階に駆けあがり、いまは亡いジョージ叔父さんの古いリボルバーを持ちだした――叔母さんはこの家に独り暮らしなので、強盗の侵入にそなえて、その拳銃をいつでも撃てるように全弾装填《そうてん》し、階段の踊り場に保管している――とにかく気丈なばあさんなのだ。それを持ちだしてきて、階下の応接間にもどるなり、自分自身に考えなおすいとまを与えぬよう、その場で叔母さんの眉間を撃ち抜いた。

叔母さんはそれまで以上にびっくりした顔をした。死ぬまでにはずいぶん時間がかかったような気がしたが、実際にはそんなことはなかったはずだ。頭がいくらかくらくらしていたせいだろう。拳銃を叔母さんのそばにほうりだしたあと、なんとなくレーンコートの前を軽く払うようなしぐさをして、とにもかくにも返り血だけは浴びていないことに、ほっとしたのを覚えている。

それでも、やがて頭もはっきりしてきた。灰皿をとりだして、テーブルの上に置くと、ピーターの煙草の吸い殻を、彼がいつも煙草をもみけすときのやりかたで、ぐりぐりと灰皿に押しつけた――ともあれ、吸い殻自体は彼が吸ったものなのだ。それから、電話の受話器をはずして、そのままぶらさげておいた。帰りしなに、窓の外の薔薇の植え込みに、あまり見え透いて見えないよう、控えめに足跡を残した。まっすぐ河まで歩き、そこで自分の靴に履きかえて、ピーターのは、石の重しをつけたうえで、河に投げこんだ。

ここでもう一度、どこかに血痕がないかどうかを確かめてみたが、さいわい見あたらなかった。帽子、コート、コートのボタン、ハンカチなど――殺人犯が往々にしてたっぷり返り血を浴びるらしいところは、もれなく仔細に点検した。すべて異状なし、問題はない。煙草の灰まみれのハンカチに火をつけ、燃えかすは土中に埋めた。それから、原稿の封筒を小脇にかかえなおし、バスに乗るリスクは避けて、足早に《ブラック・チューリップ》誌の編集部に向かった。

小説担当の編集者は、ぼくが短編の原稿をさしだしても、さほどありがたそうな顔もしなかった。「ええと、原稿をいただくお約束をしてましたっけ?」

「ええもちろん。これは力作ですよ」ぼくは言ってのけた。「締め切りにまにあわせようと、一汗かきましたけどね。おまけに、エレン叔母とのお茶の約束にも遅れちまった」編集者のデスクから、電話機をとりあげた。「失礼して、叔母に電話を入れさせてもらいますよ。遺産のことを考えると、『叔母さん、ごめんなさい、ちょっと遅れます』ぐらいのことは言ってやる値打ちがありますからね」

「いいですよ、どうぞご自由に」そう言って、編集者はやりかけの仕事にもどった。

ぼくはパムの番号をダイヤルした――ダイヤル式の電話では、電話した相手の番号はつきとめられない。パムは、自分のほうは万事オーケー、いつでも一芝居始められる、という合図を送ってよこした。そこでぼくは、「エレン叔母さんですか?」と、切りだした。パムも打ち合わせどおりの芝居を始めた。その演技はぼくを満足させたと言うべきだろう。もうそのときには、ぼくが遺漏《いろう》なく仕事を終えたはずだということはわかっていて、いくらかおびえてもいたにちがいない。だから、声音が少々うわずっていたが、それがむしろさいわいした。ぼくは言葉をつづけた。「なんです? なんですか? なんですって?」それから、ちょっと間をおいて編集者に、「ねえちょっと、これを聞いてみてください」

「なんです、いったい?」編集者は言った。

「どうもはっきりしないんですがね」ぼくは答えた。「これ、相手はエレン叔母なんです。なにかが——いや、だれかが階下に押し入ったとかなんとか。なにかそんなことを——え、拳銃?」編集者にも聞こえるように、ぼくは受話器をいくぶん耳から浮かせて握っていた。電話口の向こうでは、ぼくの〝拳銃〟という言葉を合図に、パムが重い本をばたんと床に投げだし、いまにも絞め殺されそうな、いたって効果的な悲鳴をあげてみせた。パムにはあらかじめ、三十秒ほど待ってから、受話器を置くようにと言い含めておいた。編集部の連中に、あまりよけいなくちばしは入れられたくない。受話器がはずれたままだと、通話先がつきとめられる可能性もある。

編集者はいくらか青ざめていた。「なんだか、いまのようすだと——」

「とにかくあっちへ行ってみます」そう言って、ぼくはドアの外へとびだした。後ろから編集者が、「住所は?——住所はどこ?」と、呼びかけてきた。「警察へはこっちから通報しておくから」叔母さんの住所を大声で叫びかえしながら、ぼくはまっしぐらに階段を駆けおりた。

ぼくよりも先に警察が現場に到着していたが、これもまた願ってもない展開だった。彼らが被害者の死亡時刻をめぐって議論しているあいだ、ぼくはまわりをうろうろしていたが、いまから三十分かそこら前というだけで、それ以上は断定できないようだった。やがて、植え込みの足跡や、もみけされた煙草、指紋などが発見された。ぼくは彼らに同行して、ピーターのフラットにもどり、そのままずっと、やきもきしながら彼に付き添っていた。警察は〝よりつっこんだ質問のため〟に、彼を署に連行した。彼が〝捜査に協力してくれるものと考え〟たからだった。その点はぼくについてもおなじだった。

自分がいろいろお膳だてをして、然るのちに後ろにひっこみ、他人がこちらの思惑どおりに動いてくれるのを見まもる、これは気分のいいものだ。警察でさえ、こちらの仕掛けどおり、型にはまった動きをするしかないみたいで、ほとんど無能に見える。ジョーンズ夫人を呼びにやる。彼女にピーターの靴のことをたずねる。靴屋と連絡をつける。ピーターの吸っている煙草の銘柄を確かめ、いつも一本をどのへんまで吸うか、なにか独特のやりかたで吸い殻を灰皿にこすりつけるかどうか、そんなことまで調べる。ぼくは、警察がとるだろう行動をすべて予測し、彼らがそうするように手を打っておいたし、彼らもまた、そのとおりに行動した。それはぼくを神にでもなったような気分にさせてくれた。

ところがそのあと、ぼくの部屋もざっと調べられることになった。調べたのは、そのためにわざわざあとに残ったコックリル警部。修繕したてのぼくの靴は、無事に足に履かれている――エ

レン叔母さんの庭の植え込みの土など、それにはついていない。ぼくの衣類もぜんぶそろってい
て、怪しいふしなどひとつもないし、だいいちぼくには水も漏らさぬアリバイがあるのだ。なん
といっても、そのとき雑誌社の編集部にいて、エレン叔母さんの事実上の断末魔のようすを、電
話を通じて逐一聞きとっていたのだから。
コックリル警部は、電話の受話器がきちんと置かれていないのに目をとめた。ここでまたジョ
ーンズ夫人が、こちらの仕掛けどおりの役を演じて、ぼくの説明がすべてそのとおりだと請けあ
ってくれた。
「なるほど」と、コックリル警部は言った。「すると、こちらの若い紳士は、お茶の時間に叔母
さんのところを訪問する件について電話ちゅうだった。ところがその途中で、あなたと話をする
ため、その会話が多少なりとも妨げられた。これでまちがいありませんね？　そしてそのあと、
受話器をもとにもどし忘れた、と。まちがいないですね？」
「その後にほかのだれかに電話なさっていなければ、ですけど」と、ジョーンズ夫人。
「いや、それはない、それはないよ」ぼくは言った。「きっと、受話器をちゃんともどしていな
いのに気づかなかっただけなんだ」
「なるほど」コックリル警部がまた言った。
そしてこのときからだった、きちんと組みたててあったはずの仕掛けがこわれはじめたのは。
警部はジョーンズ夫人を帰宅させると、部下の巡査部長に、こっちへくるようにと合図した。
巡査部長はそれにしたがったが、その〝こっち〟というのがまた、いってみれば、不愉快なほど

ぼくのすぐ間近なのだ。

「すると、実際のところは」と、コックリル警部は言葉をつづけた。「あなたが《ブラック・チューリップ》社からかけたという電話は、架空のものだったということになりますな」

というわけで、いまはもう真夜中。ピーターは帰宅を許され、いまでは〝よりつっこんだ質問のため〟に署に留め置かれているのは、ぼくのほうだった。多少は抵抗したものの、警察はすでにパムに泥を吐かせていたし、それにどっちにしろ、ぼくはもうすべてにうんざりしている。

といった次第で、ここに書きしるしたのがぼくの最後の短編小説だ。いつかこれが活字になることがあったら、ぼくの身になにがあったかは、世間にも知れるだろう。ひとつだけ、コックリル警部に訊きたいことがあるが、それがすんだら、この供述書に署名して、すべてにけりをつけることにしよう。


青年はペンを置くと、憔悴《しょうすい》した顔をあげた。コックリル警部は、にこりともせずにその何枚かにわたる供述書をかきあつめ、きちんと重ねたうえで、主任警部に手わたした。なにやら聖歌隊の少年よろしく肩を並べて立ったふたりは、静かに、急ぐようすもなく、供述書を読みとおした。

「オーケー」と、コックリルが言った。

そして青年の質問に答えたあと、あらためて供述書を青年に手わたし、青年は一度だけそれに目を通したうえで、各ページに自分の頭文字をしるした。最後に彼はこう書きたした。「なるほど、それで納得がいった。ぼくが雑誌社から電話した相手は、エレン叔母さんではありえなかった。叔母さんと話したのは、もっと前のこと。そしてそのあと、わが家の受話器をもどさずにおいた。ある番号に電話して、そのあとこっちの受話器をはずしたままにしておくと、よそからだれかがその相手先の番号にかけても、こっちで受話器をもとにもどすまでは、電話はいっさいつながらない。そうとは知らなかった」

そうして青年は供述書の末尾に自分の名をサインしたのだった。

遠い親戚

白須清美訳

病院の外で、クラクションが二度鳴った。「お迎えだよ」ベッドから門が見えるビルがいった。妹は顔をしかめた。「たまたま通りかかって、乗せてくれるだけよ――」

「それにしちゃ、たまたま通りかかって乗せてくれることが多すぎるな――」

「確かに、今朝はアランに特別に来てもらったの」フランカはいった。窓から身を乗り出し、病院の門の前に止まっている小さな灰色の車に親指を立ててみせる。「時間通りにアデラおばさんの家に行って、台所の壁を磨かなくちゃならないから」

「そんなもの、きっぱり断ればいい」ビルは腹立たしそうにいった。

「あら――遺産を棒に振れっていうの?」

「あのばあさんめ! ただの脅しさ。おれたちに一ペニーだって残すものか」

「よくいうわ」フランカは腕を揺すってオーバーに袖《そで》を通しながらいった。「どっちがあの人の食糧貯蔵庫に水しっくいを塗るかで喧嘩になったときには、わたしを出し抜いたくせに」

「おかげで、梯子《はしご》から落ちてこのいまいましい脚を骨折したんだ。おまえはうまくやったな!」

「ちゃんと分けてあげるわよ。半々で」フランカは請け合った。「わたしが手に入れたらね」ギプスを優しく叩く。「それじゃ、いい子にして、おいしいライスプディングでも食べてなさい。看護婦さんにちょっかいを出しちゃだめよ。今じゃ、モーリーンのいい人だってことを忘れないように」モーリーンはビルの新しい恋人だった。見事な赤毛で、きついアイルランド訛りがある。

「じゃあね、兄さん！」

フランカは病棟の階段を駆け下りた。白いウールのコートに身を包み、かわいらしい雪球のように。金髪が、高い襟の上で跳ねる——彼女は患者たちに手を振った。彼らは副木《そえぎ》やギプスをしていないほうの手足で、熱心に応えた。スイングドアが背後で静かに閉じた。

「全員、熱は下がったみたいね」婦長が厳しい声でいった——けれど、その顔にも笑みが浮かんでいた。

迎えにきた車のそばで、背の高い、痩せた青年が、じれったそうに飛び跳ねていた。ツイードの釣り用の帽子を、金髪に浅くかぶっている。その角度を見て、フランカの胸はときめいた。けれど、彼女が近づいていったとき、モーリーンが病院の門をくぐって車の反対側からやってきた。

「あら、こんにちは！　わたしのいい人を訪ねてきたの？」

「あなたと、あなたのいい人をですよ！」アランがいった。

「あなただっていい人じゃなくて？　そんなに青い目をしているんだもの！　まるで天国を見上げているみたい」モーリーンは大っぴらにウィンクした。それから、フランカにいった。「わたしのいい人も、こうしてヤギのようにつないでおきたいものだわ——」

「そんなんじゃないわ！」フランカが笑いながらいった。「彼に来てもらったのは、アデラ大おばさんの家まで送ってもらうためよ。台所の壁を磨かなくちゃならないので」

「じゃあ、後でね」モーリーンがいった。ビルにうまいことといいくるめられて、彼女は自分の下宿を引き払い、彼の入院中、コテージにフランカと住んでいた。

アランはツイードの釣り用の帽子を取り、またかぶって、病院に駆け込むモーリーンを見送った。「オーケー、フランク――乗れよ！」

フランカは助手席に乗った。「フランカクと呼ばないで」

「だって、古臭い名前じゃないか――フランなんて！　イタリア娘じゃあるまいし」

「お構いなく。女の子には違いないんだから」

二人はハイ・ストリートを進んだ。土曜日の渋滞を縫って、仲良くおしゃべりしながら、とうとう〈お屋敷〉に通じる長い小道にさしかかった。

「本当に午後いっぱい、いまいましい壁を磨いて過ごすつもりかい？」アランがいった。

「年老いたおばを助けるのはいいことだわ。父が亡くなった後、わたしたちを呼び寄せて、コテージを自由に使わせてくれたんだもの。いっておくけど」フランカは悲しそうに認めた。「おばは別のことにお金を使うことだってできたのよ」

「だったらぼくも行って手伝おうか？　どうだい？」

「まさか。あなたを近寄らせもしないわ！　誰とも会いたがらないっていったでしょう。本当に、ちょっと変わった人なの」

「だろうね。あんな広い家にひとりで住んでいるんじゃ」

「キーパーがいるわ」キーパーは巨大な黒いマスチフ犬だった。「といっても、何の役にも立たないけれど。誰にも近づかないし、誰も近づかせないの。だから、おばが唯一、心を許している生き物は、頼りにはならないってわけ」

「きみとお兄さんのことは信頼しているんだろう。鍵まで持たせてくれているといったじゃないか」

「ああ、わたしたちはね。何だかんだいっても家族だもの。生まれたときから、折に触れて会っているし」

「それに、いずれはきみたちのものになる財産を、盗むとは考えられない？」

「わたしのものになるのよ」フランカはわざと得意げにいった。「ビルは放棄するらしいから」

「何てこった！　きみは大金持ちになるってことじゃないか？」そういった彼の青い目に、ある表情がよぎった。空をかすめる暗雲のような、奇妙な表情が。

フランカはあわてていった。「でも、実際はそうはいかないわ。まだひとり、わたしたちを脅かす一番の近親がいるのよ」

「ああ——遠い親戚《キッシング・カズン》か！」

「キッシング・カズン！　何なの、それ？」

「イギリスじゃそういわないのかな？　たぶん、地球の裏側でのいい方なんだろう」

「オーストラリアの？」

「ニュージーランドだよ」彼は辛抱強く訂正した。「いつになったら覚えるんだい？　ニュージーランドとオーストラリアは、何百マイルも離れているんだぞ」

「あなたはずいぶん、広い世界を知っているみたいね——」

「足の向くまま気の向くまま。それがぼくさ。したがって、一ペニーにも恵まれない。でも、キッシング・カズンというのは――古い法律で、結婚が許されないほどの近親ではない人のことだよ。キスをしてもいいくらい、遠い親戚ってことさ」彼はフランカの顔を見下ろして、微笑んだ。「運のいい親戚だ！」

「でも、ロバートはキスできるほど近くにはいないわ。地理的な意味でね。彼のおじいさんが、アデラ大おばの弟なの――浪費家だって、おばはいってたわ。若い頃に勘当されて、家族とは疎遠になっているの」

「それでも、その孫はきみよりもおばさんに近いというわけ？」

「だから、わたしたちが何かをするのを渋ると、おばはそのことを思い出させるの」彼女は笑って肩をすくめた。「どのみち、本当は遺言状なんてないんだから、馬鹿げたことだけど。遺言状なんてどこにもないの。絨毯の下にも、どこにも隠していないわ」

二人は、小さなコテージのある〈お屋敷〉へやってきた。「本当にありがとう」彼女は車を降り、短い車寄せを母屋へと駆けていった。彼は車の向きを変え、細い小道に入ろうとした。

車寄せは秋の落ち葉が一面に敷きつめられ、じめじめしていた。木からは露がぽた、ぽた、ぽたと落ちてくる。突き当たりにある古い家は閉め切られ、しんとしていた。彼女はドアに鍵を差し込んだ。大きな黒い犬が、たちまち彼女の脇をかすめていった。

フランカは呼びかけた。「アデラおばさん？　わたしよ！」そしてドアを開け、その向こうに倒れているものを見た。

それから、彼女は通りを走りに走った。乱暴に門を開け、去っていく車を後ろから呼び止める。

「アラン、待って！　戻ってきて！　戻ってきて！」

アランは肩越しに後ろを見ると、彼女のところまで戻り、車を飛び降りて腕をつかんだ。「どうした？」

フランカは、ありがたさに目もくらむ思いで、彼に寄り添った。「ああ、アラン、行ってしまわないでよかった！　家じゅう――めちゃめちゃなの。そして――おばさんが……」彼女はしばし立ち尽くし、その記憶を覆い隠そうとするように、手のひらで目をぎゅっと押さえた。「隅に縮こまって――ああ、アラン、何て恐ろしいの――たぶん、殺されたんだと思うわ！」

警察が到着した。担当はコッククリル主任警部だった――小柄で、隙がなく、薄茶色の鳥のような目をしている。警察官が、閉じたドアの向こうで動き回っていた。フランカは大きな古い台所で、アランと一緒にしょんぼり座っていた。キーパーは隅の居場所に丸まっていた。コッククリル警部は部屋に入ってきて、椅子を引くと、彼らと同じ磨き込まれた白木のテーブルについた。

彼は前置きなしにいった。「殺人ですな。頭を殴られ、後頭部をオーク材のチェストにぶつけて、事切れたというわけです」彼はフランカにずばりといった。「何者かが、玄関から侵入したのです――ほかの入口に手をつけた形跡がありませんからね――そして彼女を黙らせてから、家捜しした。何も盗られてはいません。家捜しだけです。そこで、あなたはあのドアの鍵をお持ちですね？」

「ええ」フランカは無邪気にいった。「鍵はこれだけです。ご存じの通り、おばはひどく変わっていて、誰も信用しません。外に通じるドアはすべて閉ざし、鍵はこれを除いて、全部処分してしまいました」彼女は胸元を探り、丈夫な銀の鎖につけた掛け金の鍵を取り出した。「おばから、いつも肌身離さず持っているようにいわれていたので、ここ一年以上、外した覚えはありません。寝るときも、このひどい代物と一緒なんです」

「ふむ」警部はだしぬけにいった。「あなたは大金を相続することになりますね？」

「実は、そうでもないんです。ただの脅し文句ですわ。おばはいつでも、遺言状を書き換えようとするふりをしていました」フランカは皮肉混じりにいった。「まさか、わたしが遺産目当てでおばを殺したなんて、お思いではないでしょう？」

「あなたは遺産相続人だ」警部は短くいった。「それに、ひとつしかないドアの鍵を持っている。その線を考えないわけにはいかんのです」

「でも、そんな――！」彼女は少しぞっとした。

アランが抗議した。「何ですって――こんな女の子が？」

「おばさんは、ひどくか弱い老婆ですよ」

二人は信じられないといった目で、警部を見返した。

やっとのことで、フランカがいった。「でも、誰かが家捜ししていたんでしょう。いったいわたしが、何を探すというんです？」

「本当に遺言状がないか、とか？」警部は鋭く彼女を見た。「あるいはひょっとして、鍵を誰かに貸しましたか？　最近でなくてもいいのです――合鍵を作っておけばいいのですからね」

「いいえ、まさか」フランカがいった。「誰に貸すというの?」

「さあ」警部はそういうと、人を見下すような顔で親指をくるくると回した。静まり返った広い部屋に、その音が大きく、耳障りに響いた。

彼女の胸に、恐怖がこみ上げてきた。まさか、わたしがこんな恐ろしい事件に関わっていると、本気で思っているはずがない! でも、誰かが――誰かが……またしても不意に話しかけられて、フランカはびくっとした。

「おばさんを最後に見たのはいつですか?」

「昨日のお茶の時間でした。でも、ゆうべ九時半ごろ、おばに電話をかけました。いつもそうしているんです。そのときは何ともありませんでしたわ。もうすぐベッドに入るといっていました」

「証人はいますか?」

「それは、いませんけど――」

「ご覧の通り、彼女はベッドに入らなかった。昼間の服装のままでした」彼はしばらく考え込んだ。「そんな夜更けに、誰かが訪ねてきたら、彼女はドアを開けますか?」

「夜でも、ほかの時間でも開けません。人嫌いで、誰にも会いたがらないんです」

「あなたには会っている」

「わたしは姪《めい》です」フランカはぶっきらぼうにいった。「それに、役に立ちますから」

「それに、何といっても彼女の相続人だ?」

「まあ、何てことを!」彼女はまた憤慨していった。

その隣で、アランが冷静にいった。「そろそろ、遠い親戚のことを話したらどうだい？」

主任警部の明るい色の目が、さらに明るくなった。鳥のように首をかしげ、油断なく耳を傾ける。「親戚とは？」

「ロバートです。おばに一番近い親族ですわ」フランカは勝ち誇ったようにいった。「実際に相続するのは彼です。少なくとも、かわいそうなおばを殺すなら、わたしよりも彼のほうが可能性があるでしょう」

「彼が最も近い親族なら、なぜ殺さなければならないのです？」

「たぶん、警部、あなたと同じように、わたしに有利な遺言状があるとでも思ったのでしょう」

フランカは、家捜しされた跡があることをふと思い出した。「彼はそれを探していたのかも」

「相手がその人物なら、ドアを開けたでしょうね――親戚なのですから」コックリルはいった。それが逃げ道になったかもしれないが、フランカは頑なに真実を口にした。「いいえ、開けなかったでしょう。おばは彼に会ったこともないんです。わたしたちの誰も、会ったことがありません。彼の父――祖父――は浪費家で、家を勘当され」圧倒的な恐怖に襲われ、彼女は口ごもった。「勘当され……ええと、勘当され……」しかし、何とか冷静さを取り戻した。「オーストラリアへ渡ったのです」

「ニュージーランド人のふるさとだ」アランは何気なくいったが、彼女はその日二度目に、彼の明るい青色の目を、暗雲のようによぎる表情に気づいた。

彼とそれ以上話すことはできなかった。フランカは警察官と一緒に、入院中のビルに話を聞きにいくことになったからだ。

「おばさんの事務弁護士に連絡を取ってみましょう」去り際に、主任警部はいった。「週末だろうと関係ない、遺言状があるかどうかを確かめてみます。今、この家にないのは間違いない。あれば、部下が見つけていたでしょうからね」

「そらご覧なさい！」フランカは見るからに勝ち誇っていった。

「今はないといったのですよ」警部はそういって、立ち去った。


ビルはその夜、彼女がコテージに帰るのを心配した。「犯人が戻ってきたらどうする？」

「戻ってくる理由はないわ」フランカは答えた。

「でも、気に入らないな。若い女性が二人きりなんて」

「帰らなきゃならないのよ、ビル。キーパーがあの狭いところに、たった一匹で閉じ込められているんだから。しかも、いつもの家ではないところに」

「連れ出せばいいじゃないか」

「それで、どこへ行けというの？　あんな大きな犬と一緒に泊めてくれるところなんかないわ」

恋人のところへ夕方の見舞いに来ていたモーリーンも、それに同意した。「そうよ、わたしたち二人とキーパーがいれば大丈夫。わたしが最後までキーパーを守るわ」彼女は笑って、ビルにそう請け合った。

灰色の車は外に止まっていなかった。じれったそうに飛び跳ねて、後ろにずらした帽子から金色の髪をはみ出させた若者もいなかった。彼は今、どこにいるのかしら？　フランカは疑問に思い、彼の顔をよぎった奇妙な表情を思い出すと、その記憶に蓋をした。

二人は代わりに車を呼んで、自分たちだけでコテージへ戻った。中からは、すすり泣くバンシー（アイルランドの民話に出てくる、泣き叫ぶ姿をした妖精）のように、キーパーがヒステリックに鳴く声が聞こえてきて、それがますます不気味さを増していた。激しい雨の後の暗闇。不気味な古い屋敷の門に、身を寄せるように建っているコテージ。今はよろい戸が閉ざされ、ひっそりと静まり返っている屋敷では、ゆうべ気の毒な老婆が無残に殺されたのだ。二人は運転手に代金を払い、そっとコテージに入った。

キーパーは二人の前をすり抜け、嬉しそうに吠えながら外へ出ていくと、雨上がりの庭からまた戻ってきて、濡れた犬の匂いをぷんぷんさせた。二人は明かりを全部つけ、台所で火を起こし、モーリーンが缶詰を使って簡単に作った温かい夕食に集中しようとした。

「ねえ、フランカ、今のわたしたちに必要なのは、頼もしくて気のおけない、二人のいい人ね！」彼女は、フランカの恋人のアランがここにいないことに、腹を立てているようだった。「それにしても、あなたが必要としているときに、ひとりで放っておくような人だと思った？　調子のいい男なのよ。頼りにしちゃだめよ」

「してないわ」フランカは不機嫌にいった。「ほとんど知らないもの」

「まさか！」モーリーンはすぐに笑った。「いつも家に送ってきて、途中でお昼や夕食を一緒にしているじゃないの。とはいえ……」彼女はふと言葉を切って、フランカの手首をさっと握った。

「あれは何、外にいるのは？」

完全な沈黙が訪れた。二人は石になったように、互いに顔を見合わせた。雨はやみ、風はそよとも吹かず、水を含んで重くなった月桂樹の葉は、小さなコテージにぴったりと張りついている。それでも――。

モーリーンが小声でいった。「誰かが外にいるわ！」

「木から雨粒が落ちているのよ」けれど、フランカの胸は激しく打っていた。「誰だというの？」

「警察はわたしたちを警護してくれているの？」

「そういってたわ」

「だったら……ああ、何てこと」モーリーンはいった。「ビルにまんまとだまされたわ！　これが殺人犯だったらどうするの？　遠い親戚だったら」

「あなたが危ない目に遭うことはないわ、モーリーン。狙いは――わたしなのよ」

「あなたがどんな危ない目に遭うっていうの？」

「わたしに有利な遺言状が本当にあったとしたら……わたしたち、昼間は仕事でいないでしょう――おばは事務弁護士をここへ呼んだかもしれない。彼のことは信用していたから、証人を連れてきたかもしれないわ」

「親戚の――ロバート？――は、そのことを知らないはずよ」

フランカは肩をすくめた。「彼はひとり殺しているのよ、モーリーン。たぶん――運に任せるということはないわ。どこからか遺言状が出てこないとも限らないのよ」

「あなたが死ねば――」モーリーンは真っ青な顔でいった。

フランカが死ねば、彼は間違いなく遺産を相続できる。そして、外に誰かがいる。暗闇の中――こそこそ動き回り、カーテンのかかった窓に身を寄せて目を凝らし、聞き耳を立てている。

フランカは両手をきつく握り締め、喉元に押し当てた。「モーリーン――怖いわ！」

ぱっと立ち上がり、窓に駆け寄ってカーテンを開けようとも思ったが、真っ白な顔がガラスに押し当てられているのを想像すると、恐ろしさのあまり急に気分が悪くなった。

「お金なんかいらない」彼女は叫んだ。「遺言状があるなら、わたしが破くわ。約束する。遺産は放棄するわ。一ペニーにも手を出さない。でも、遺言状はないの。ないのはわかってる。もし――もしあなたが遠い親戚なら――誓っていうわ。遺言状はないの。あなたが相続人なのよ」

その後に続く沈黙は、何より恐ろしいものだった。ヒステリックな叫び声の後に、のっぺりとした沈黙が立ちはだかった。

彼女は這うようにして、モーリーンのそばへ戻ってきた。「ああ、モーリーン、あなたがいてくれてよかった！　あなたがいなかったら、わたし、どうすればいいの？　こんなことに巻き込んでしまって、本当にごめんなさい。でも、ひとりでは耐えられない」

「ああ、わたしのことなら心配しないで」モーリーンは健気《けなげ》にいったが、その声は震えていた。

またしても沈黙が訪れた。その沈黙の中、だしぬけに電話のベルが鳴り響いた。「フランカ、わたしたち、どうかしてたわ」モーリーンが大声でいった。「電話をすればよかったのよ。外にいるのが誰であろうと――そのことを伝えて。警察を呼ぶのよ。その間……」彼女は引き出しを開け、一番大きな包丁を取り出した。「警察が来るまでの間よ」

警察が来るまで。それには三十分はかかるだろう。フランカは怯えた目で包丁を見ると、狭い廊下を横切り、居間へ向かった。電話をかけてきたのはコックリル主任警部だった。

彼はいった。「遺言状はありました。しかし、本人が持っていたようです」

「ああ、警部、そのことは後にしてください！　すぐに来てほしいんです。家の外に誰かがいて――うろつき回っているんです」

「すぐに行きます」彼はそういって受話器を乱暴に置くと、出ていった。

フランカは受話器をゆっくりと戻し、そっと廊下から台所に戻ると、そこで足を止めた。玄関のドアにはまったガラスのすぐそばに――影が映っていた。それは男の頭の影だった。かぶった帽子は、よく見慣れた角度にずらされていた。

モーリーンは台所に立っていた。手にはまだ包丁を握っている。ひどく青い顔をしていた。何もいわず、身振りで裏口のドアを示す。外から、鍵と脇柱の間にナイフが差し込まれていた。

彼女はいった。「危ないところで、こっちのドアにかんぬきをかけたの」

フランカは激しく周りを見回した。「キーパーは？」

「出ていったわ。ドアが――開きそうになっていたの。キーパーの性格はわかっているでしょう。無理にくぐって、外へ出てしまったの。首輪をつかんだけれど、もちろん、つかまえてはおけなかったわ。でも――フランカ！――遺言状の隠し場所がわかったのよ」

恐怖にさいなまれた頭で、フランカは口ごもりながらいった。「遺言状？」

「あの大きな首輪よ。皮の間に縫い込まれていたの。厚みを感じたわ。間違いなく、あいつはキーパーを呼んだのよ！」

「いって」フランカは必死にいった。「外に向かって、そこにあるといって」

「キーパーに近寄ることはできないわ」モーリーンはいった。「キーパーを呼び戻さなきゃ。ドアを開け、キーパーを中に入れて、遺言状を取り出すのよ――そして、それを渡すの」

「外にいるのよ」フランカは泣き出しそうな声でいった。「影が映ってたの」彼女は新たな希望にすがりついた。「もうすぐ警察が来るわ」

「来る頃には、二人とも殺されてるわ。わたしだって、もう知ってしまったんだもの」彼女は台所のドアに向かった。そして、震える声で呼びかけた。「犬を中に入れてちょうだい。遺言状は首輪に入ってるの。でも、あなたには近寄れないわ。犬を入れてくれれば、遺言状を出して渡すから」彼女は口を閉じ、ドアに耳を澄ませた。「ああ、フランカ――彼は外にいるわ！　どうやら――離れていったみたい」

「モーリーン、ドアを開けないで！」

「これしかチャンスはないのよ」モーリーンはそういって手を伸ばし、かんぬきを引き抜いて、ドアを開けた。そして、キーパーが自分の巨体が入れるだけの隙間から入ってくると、ふたたびドアをぴしゃりと閉めた。「早く――首輪を外すのよ！」

震えながら、半ばぼうっとなって、フランカは大型犬のそばにひざまずき、ぎこちない手つきで首輪を外した。

モーリーンはそれを引ったくり、包丁で縫い目を裂いた。「やっぱり、ここにあったわ」

彼女は下を向いて、熱心に革を切っていた。けれど、その背後は……。

「モーリーン！　ドアにかんぬきをかけるのを忘れてるわ」

「いいの、いいの」モーリーンは赤毛の頭を伏せて、作業に集中していた。首輪を投げ捨て、勝ち誇ったように高々と、畳んだ紙片を掲げてみせる。

フランカは叫んだ。「ドアが――ドアが！」

「誰もいないわ」モーリーンはいった。

素早い動きで、彼女はその紙片を、赤々と燃えている石炭の真ん中に投げ込んだ。それから、包丁を持った右手を上げ、一歩前に踏み出す。

一歩前に――フランカのほうに。

恐怖にすくみ、フランカは大きな黒い犬のそばにうずくまり、近づいてくる相手から少しでも離れようとした。そして、ぞっとするような思いつきに目がくらみそうになりながら、金切り声でいった。「モーリーン！　あなたね！　あなたが遠い親戚《キッシング・カズン》だったのね！」

モーリーンは死人のように青ざめ、包丁を持つ手はどうにもならないほど震えていた。しかし、無理に邪悪な笑みを浮かべてみせた。

「もっとふさわしいのは、殺し屋の親戚《キリング・カズン》ね」彼女はいった。今では、きついアイルランド訛りは消え、オーストラリア訛りがむき出しになっていた。

二人は互いに見つめ合った――二人の少女は。ひとりは台所の板石の上にうずくまり、恐怖に震えている。もうひとりは震える手に包丁を握りしめ、真っ青な顔で近づいてくる。

フランカははっと驚いて、口ごもりながらいった。「あなた――怖いのね」

「当たり前よ」モーリーンはいった。「生まれてからずっと、人を殺して回っていたとでも思ってるの？　でも、父は自分の家系に男の子がいると思い込ませれば、あの老婆が大金をくれるだろうと考えた――それで、わたしにロバータという名前をつけ、彼女にはロバートだといったの。どのみち、相続人はわたしよ。それをむざむざ、あなたに持っていかせると思う？」

「わたしを殺せば、モーリーン、わたしの近親が相続人になるわ。あなたじゃない」

「だからこそ、遺言状を探して処分しなければならなかったのよ。そして今、それを処分した。それでも、フランカ、あなたは知りすぎたわ」彼女はまた一歩前へ出たが、その顔は、恐怖のあまり気分が悪くなっているようだった。

フランカは叫んだ。「モーリーン、あなたは見られてるわ。アランが外にいたの。わたし、見たのよ」

「影をね」モーリーンはいった。「連想力というやつよ――わたしがあなたにそう信じ込ませたの。あれはわたしだったのよ」

希望はついえた。けれど、少しだけよみがえった。「警察が――」

モーリーンは時計をちらっと見た。「そうね。今のうちにやらなくちゃ――そして警察を迎えるの。恐ろしい知らせを持って、道を逃げてくるというわけよ。ドアが力ずくでこじ開けられ

（もちろん、あなたが電話に出ている間に、わたしがやっておいたの）、覆面をした男がナイフを持って入ってきて……」そういって、ふたたび包丁を振り上げる。「わたし――やるしかないの！」そして、喉に詰まったような叫び声とともに突進してきた。

そのとき、彼女の背後で勢いよくドアが開き――アランが立っていた。青い目をぎらぎらさせ、しなやかな身体を投げ出して、振り上げた手をつかんで下ろし――背中の後ろにねじった。必死に握り締めていた指が開き、ナイフがチャリンと音を立てて、石の床に落ちる。やがて、濡れた芝生の上を駆けてくる、重い靴音がした。

主任警部は容疑者とともに引き揚げた。彼は、今夜は婦人警官を派遣して、フランカに付き添わせると約束した。アランは彼女を居間へ連れていき、ガスストーブをつけると、少し離れて向かい合った椅子に腰を下ろした。彼女は緊張し、怯えた様子で身体を丸め、キーパーがそれにぴったりと寄り添っていた。

「さあ、フランカ、もう安心していいんだよ！　今度こそ本当に終わったんだ」

「ああ、アラン、あの場にいてくれてよかった！」

「いっておくけど、ヒーローになろうとしたんじゃないんだ。警察に解放されてから、きみがどうしているかを見にきただけで」

「警察？　犯人だと思われたの？」

「きみだって一瞬、そう思っただろう」彼は指摘した。「でも、ぼくは自分がやっていないことを知っている。それで、車でここへ来る途中、考えた。だとしたら、誰なんだ？　そして、きみのフランカという古臭い名前と、フランクと呼ばれることをあれほど嫌がっていたことを思い出して、突然疑問が湧いてきたんだ。ひょっとして、何らかの理由でロバートと呼ばれたい娘がいるんじゃないかってね。ぼくたち全員、男の親戚を想像していたけれど、近くにいるのが女性なら……」

「わたしたち、本当にモーリーンのことは知らなかったわ！　ビルの新しい恋人というだけで！」

「そして、きみが〈お屋敷〉に電話をかけたとき、証人は誰もいないと警察にいっていたのを思い出した。つまりモーリーンは、おばさんが殺されたとき、きみのそばにはいなかった」

「どうやって入ったというの？　アデラおばさんは、彼女には絶対にドアを開けないわ」

「それは今頃、警部が聞き出しているだろう」

「かわいそうなモーリーン」フランカはいった。「とても気分が悪そうで、怯えていたわ。ぞっとするような眺めだった。それが、結局は何にもならなかった。もちろん、アデラおばさんは遺言状を書き換えられなかったのだから、モーリーンが相続人には変わりないけれど」

「今ではきみがそうなる。犯罪者は遺産を相続できないからね」

「わたしより前に、相続すべき人がいるわ。わたしに有利な遺言状がない限り……」アランの顔が、急に晴れ晴れとしたのを見て、フランカは驚いた。「嫌な人ね！　わたしが百万長者にならないのが嬉しいの？」

「足の向くまま気の向くまま」彼は、自分の言葉を引き合いに出した。「したがって、一ペニーにも恵まれない。だから、きみが相続人になってしまったら、ぼくがもはや恋を知らない男ではないと、どうやって告げたらいい？」

彼女は椅子の上で背筋を伸ばした。キーパーは警戒し、二人を威嚇するようにうなり声を上げた。「アラン、ひょっとして、こういいたいの……？」

「ほんのしばらく、お目付け役を追い払ってくれたら、きみに告白できると思うけど？」

手っ取り早くそうする方法があった。「そろそろ、犬を外に出す時間だわ」

彼女は廊下に駆けていき、キーパーもそれについてきた。ドアを開け、犬を外に出そうとする。すると、婦人警官が立っていて、ノックをしようと手を上げていた。彼女は手を下ろし、中へ入った。

「コックリル主任警部にいわれて参りました……」それから、彼女の化粧っけのない丸顔が、にわかに興奮で赤くなった。「これだったんだわ！　被害者はドアを開けて人を入れたりしなかった！　でもどのみち、大型犬を飼っていれば、一日の最後にやるのはドアを開け、犬を外に出すことよ。殺人犯はそれを待ち構えていて、ちょうど今、わたしがやったように入ってきたんだわ」その声は、次第に尻すぼみになっていった。「あらまあ」彼女はそういって肩をすくめ、そっと台所に引っ込んだ。

しっかりと抱き合い、そばに人がいることにも気づかない二人に話しかけたところで、誰が聞く耳を持つだろう？

ロッキング・チェア

白須清美訳

来賓の教区牧師の話が長引くにつれ、人々は次第に苛立ってきた。彼らの本当の目的は、奥方の帽子をとっくりと見ることだった。「まさか、古い麦藁帽子の前に、庭から摘んできた花を飾ったのではないでしょうね？」

出番を待つ公爵夫人は、そんなことにはお構いなしだった。心ははるか彼方をさまよい、客が語った三人の女性の死について考えていた。

もう十五年前の話だ。事件のことは記憶にあったが、細かいことは覚えていない。湖のそばの家——確か、コーンウォール沖にあるセント・マーサ島だ——その居間で、三人の女性が死んでいた。互いの頭を中心に、三つ葉のクローバーのように広がって。至近距離から、銃は三発だけ撃たれていた——三人のうち誰かが撃ったことには、ほぼ間違いない。しかし凶器は血にまみれ、指紋を採ることはできなかった。二人の物静かな、愛想のよい、当たり障りのない姉妹のことは、島の誰もが知っていた。そして、ひとりの若い女性については、誰も知らなかった。今に至るまで、彼女が何者なのかわかっていない。

けれど、客は知っていた。そして、これだけの時を経て、どうすればよいかを公爵夫人に相談にきたのだ。客は、ミス・モード・トランブルという、手放しで愛すべき人物とはいいがたい女性だった。金持ちの、有名な作家で、ぞっとするような小説を何冊も書いている——ドーン・クラウドのような名前に変えればいいものを、いまだにモード・トランブルと名乗っている理由は、公爵夫人には見当もつかなかった。

「――ではここで、公爵夫人にバザーの――開会を宣言していただきましょう」教区牧師は最後に声を張りあげ、ほとんど居眠りしかけているように見えた奥方の注意を促した。公爵夫人ははっとわれに返り、バザーの開会にふさわしい、よく通る声でいった。「あらまあ！――わたしのこと？」

その帽子は、待っただけの甲斐がある見物だった。公爵夫人は左右にお辞儀するたびにシャクヤクの花びらを散らし、関節炎に痛む脚でひな壇を降りて、客たちを周囲の売店に追いやった。

「あのジャムをいただこうかしら？　とてもおいしそう！」

「お城の料理人が作ったルバーブのジャムですよ、奥さま――」

「あら、じゃあ、やめておかなくちゃ！　教えてくれてありがとう、ペギー」彼女は売り子をしげしげと見た。「あなた、ペギーだったわよね？　うちの運転手と結婚した、眼鏡をかけたペギーね？」

「いいえ、奥さま。わたしは彼と結婚するはずだった、少し耳の遠いペギーですわ。彼女とは、仕方なく結婚したのです」ペギーは偽善的に鼻を鳴らしていった。「それとこれとは別でしょう」

「ええ、そうね、その通りだわ」公爵夫人はあいまいにいうと、そそくさとミス・トランブルを連れ出した。「貴族が農民に親切にしているところをあなたにひけらかしたりしたら、罰が当たりますわね」彼女は悲しげにいったが、人ごみの中に友人を見つけた。「コックリル主任警部だわ。ちょうどいいところへ！　あの人なら助けになってくれるはずですよ」

「三人の女性殺しの捜査で大失態を演じたときから」ミス・トランブルは頑なにいった。「わたしたち島の人間は、本土の警察をあまり信用していませんの。でも、あの方をぜひとも入れてほしいものですわ。お手並み拝見といきましょう」

「あら、何てことを！」公爵夫人はいった。「たぶん――」

「だめだめ、ぜひそうなさって。わたしとは気が合わないように見えますけど」彼女はそういった。確かにコックリル警部は、小柄で、年を取っていて、かっかして気難しそうで、つぶれた麦藁帽子を白いものが混じった金髪の上に乗せているという、風采の上がらない人物だった。ミス・トランブルはそれでも、彼に近づき、手短に状況を説明した。公爵夫人がそれに割って入り、あわてて紹介した。「ですから、うちへいらして、コッキー。車は待たせてありますし、ちょっとした酒宴を楽しみましょう」

「このうだるような午後三時に？」警部はそういったが、結局は折れて、三十分後には城の中にいた。彼は公爵夫人の雑然とした大きな私室で椅子にかけ、お茶のカップを手に、切り出した。「では、ご婦人がたの話を聞かせてもらいましょうか」

「ご婦人がた？」公爵夫人は驚いていった。「わたし、あそこには一時間ばかりしかいませんでしたのよ。行く必要もなかったので」

「ご婦人がた、あのご婦人がたです！　ミス・トランブル、あなたなら」時間に限りのある警部はいった。「事件のあらましを教えてくれますね？　わたしはほとんど覚えていないもので」

「では、お話ししましょう」ミス・トランブルはいった。「当時、警察が何をつかんでいたかを」

彼女は冷めた粥のように、彼の前に事実をぼたりと落とした。「二人の姉妹。ミセス・ローズマリー・クレイは五十七歳、ミス・ロザリー・トワイニングはそれより五歳年下。物静かで、当たり障りがなくて、魅力的。ミセス・クレイは修道院時代から、とても信心深い女性でした。二人は互いに愛情を注いでいました」ミス・トランブルは、冷たさを少しだけ和らげていった。「そして、皆に愛されていた。狭い地域社会の中で、誰からも愛されていたのです」

「それで、その若い女性は?」

「歳は三十二かそこらで、非常にきちんとした、身ぎれいな女性。並外れてといっていいほどに」ミス・トランブルはそういいながら、それとはかけ離れた警部の風貌を冷ややかに見た。

「健康状態は良好――まあ、そのときまでは。歯の治療跡はなし。ごくありふれた服装――」

「正確には、何を身に着けていたのです?」

「何を身に着けていたか、お教えしましょう。ペンダントです。金の台にはまった、スカラベの模造品ですわ」彼女は何気なく、二人の婦人も同じペンダントを着けていたといい添えた。それから、何よりも重要な点である彼女の顔のことを持ち出して、注意をそらしてしまった。彼女を撃った弾は、当たりどころが悪かったようだ。それほどめちゃめちゃではなかったのですがと、ミス・トランブルは肩をすくめながらいった。でも――見分けがつかなくなっていましたの。

「それで、誰も彼女を知らなかったと? ニュースは全世界に知れわたったでしょうに。といっても、もちろん、写真は助けにならないでしょうがね。島の人たちは?」

「誰も。店に寄った気配もないのです。朝食の用意はしてあったのに――コーヒーとロールパンでした」

「しかし、彼女はどれくらいの間、そこにいたのでしょう？」

「少なくとも二晩は。最終のフェリーは月曜の夕方五時半に出て、三人が亡くなったのは水曜の朝でしたから」

「フェリーの乗船券は？」

「それも手がかりにはなりませんでした。そして、それ以外に彼女が島へやってくる手段がなかったのは、間違いありません」ミス・トランブルは、どこか申し訳なさそうにいった。間違いないといいきれる事実は、このほかにほとんどなかったからだ。

「あなたは彼女をご覧になっていないのですか、ミス・トランブル？　その……事件があってから――」

「うちからはその家は見えないのです。わたしの家と港の間の、湖を曲がったところにあるものですから。うちからは、どの家も見えないのです」本当に素晴らしいことですわ、と彼女はいった。喧騒を逃れながらも、半マイル足らずのところには美しい港と、風変わりで古めかしいお店があるんですもの……。

「彼女はどこに隠れていたんでしょう？」警部が口を挟んだ。ミス・トランブルは作品の中で、セント・マーサ島の素晴らしさを長々と書き綴ることで知られていた。

「誰も姿を見ていないのです。それでも、この狭い土地では皆お互いを知っていますから、よそ者は一マイル先からでもわかります。わたしたち、あまりよその人は歓迎しないのです、警部。自分たちだけで満足なのですわ。誰もが愛情にあふれ、寛大で、それに――おおらかで……」ミス・トランブルは酒宴の誘いを真に受けて、ウォッカ・トニックをおおらかにぐいとあおった。「水辺にあるわたしの家では――朝には露が結ばれて――そんな夏の朝の目覚めは、何があっても欠かせませんわ……」

「一年じゅうそこにお住まいなんですか？」コッキーがまた口を挟んだ。それにしても、と公爵夫人は思った。もう少し耳を傾けてもいいのではないかしら？　長たらしいおしゃべりを続けながら、ミス・トランブルは彼を試し、彼に挑戦しているように思えた。島の警察は、事件の解決に至らなかった。これだけの時が経っても、本土の警察官に手柄を立ててもらいたくないのだろう。

「放浪の期間を除いてはね」モード・トランブルは、異国情緒たっぷりの作品に〝彩り〟を添えるため、ほとんど取り憑かれたように異国的な場所へ取材旅行に行くことで有名だった。彼女は放浪について事細かに語りはじめたが、警部はたちまち、公爵夫人のいう言葉の低空飛行に戻りたい気分になった。「とはいえ――セント・マーサ島に話を戻しましょう！　夏場の旅行者ではないかとおっしゃるんでしょう。その女性は、旅行者の人ごみにまぎれていたのだと。でも、それはありえません――小さなホテルは常連客のためだけに営業していて、たまに家を貸すときには、相手のことを調査しています」それに、キャンプは禁止されていた。「わたしたちの美しい森が、週末の情事の場になるのはまっぴらですからね」

「おやまあ！」公爵夫人はいった。モード・トランブルの小説には、それ以外のことはほとんど書かれていなかったからだ。もっとも、テントが張られるのはたいてい、チベットの奥地かアラビアの砂漠だったが……。「そして、彼女が野外で寝泊りしていた形跡もなかった。でなければ、もちろんそうおっしゃったでしょうからね？」

「もちろんですわ」ミス・トランブルは力強くいった。

そこで——話は二人の姉妹に戻った。「数年来のお客さまで、いつも同じ家に泊まり、わたしたちも心から歓迎していました。クレイ将軍夫妻のことは——妹はほとんど来ませんでした。当時はアメリカに住んでいましたから。ミセス・クレイが結婚したときには、まだほんの少女で、式に出席するためにスイスの教養学校から来ていたのです。それから一週間かそこらで、アメリカへ発ってしまいました。なぜかはわかりません。何でも、向こうでとても立派なお仕事をしていたようですが、開戦後は自発的に帰国し、グローヴナー・スクエアのアメリカ大使館に職を得ました。爆撃を受けたときもそこにとどまっていたのですが、ミセス・クレイのほうは——神経質で、臆病なたちだったので……いずれにせよ、どこかに家を買うつもりだったこともあり、島に引っ込んだのです。そんな折、将軍が出征することになり、彼女はここに居を構え、夫が帰ってくるまで家を守ることになりました」

「それで、妹は？」

「一九四三年かそのあたりに、爆撃を受け——V1です。〈ドゥードルバグ〉と呼んでいたやつですわ」安全な島に引っ込み、爆弾が落ちるのを見たこともない者の気安さで、ミス・トランブルはいった。「それで、職を失った彼女は、持てるだけのものを持って引き揚げ、姉と一緒に暮らすことになったのです。それから、ついに将軍が帰ってきて、その家でしゃんにん──三人は幸せに暮らしました」ミス・トランブルは、少しあわてたように訂正した。

とはいえ、多少酔ってはいるものの、ミス・トランブルはゲームを楽しんでいるようだった。まるで推理小説みたいと公爵夫人は思った。手がかりは読者の前にまともに出されず、ありのままの事実からわずかにずらされている。彼女は問いかけた。「ミセス・クレイにはお子さんはいらっしゃらなかったの？　ご主人のことは深く愛していた？」

「もう夢中でしたわ」ミス・トランブルはいった。

「妹さんは？」

「夢中でした。わたしたちみんな、彼に夢中でしたわ！　ハンサムで、魅力があって！」

「ひょっとして、愛しすぎてしまったのではなくて？」

「まさか！　彼女にはアメリカに恋人がいました。でも、結婚はできなかった。奥さんの脚が不自由だったか何かで、離婚をいい出せなかったのです。そのことについては、あまり語りたがりませんでした。もちろん、ミセス・クレイはいい顔をしませんでした。でも結局、相手は戦死してしまったのです──アメリカ軍として中東へ行き、サレルノ沖で船が沈没して」

「それで、将軍は？」

「最後の二、三年は、カイロで参謀をしていました。それから傷病兵として免役になったのです──心臓病で。三年後、買い物から帰った彼女たちは、将軍を見つけました。古いロッキング・チェアにもたれて、こうつぶやいているのを。〝何より幸せなひととき……ハニーサックル・ローズ……〟その家は〈ハニーサックル・ハウス〉と呼ばれていたのです。そして妻の名はもちろん、ローズマリー。それにしても、彼があの古いロッキング・チェアで亡くなったのは奇妙なことですわ」

「何がです？」

「それは二人掛けのロッキング・チェアで、ヴィクトリア時代の逸品でした。少々がたがきていましたが、将軍はそれが大のお気に入りだった。隅に引っ込め、誰にも座らせませんでした。姉妹はそこを聖地としました――ミセス・クレイはそれを居間に置き、彼の形見で取り囲みました。ロッキング・チェアに、博物館でよくやるようにリボンをかけ、軍服や勲章、帽子、手袋、乗馬靴、古い写真などを置いて――」

「わかったぞ」コックリル警部がいった。

「何がです？」ミス・トランブルは鋭くいった。

「凶器の出どころですよ。古い軍用のオートマチックでしょう。本当は、返還しなくてはならないのですがね。それで――弾は込められていたのですか？」

「寂しい森の一軒家に、女二人で暮らしているんですよ――何よりそのために、将軍は銃を置いておいたのです」

「彼らはあなたほどは、島の人たちに信頼を寄せていなかったようね？」公爵夫人は、ちょっぴり意地悪にいった。「とはいえ、その女性がりゃく……略奪者だとは思えませんわね」彼女は単に礼儀として酒宴につき合っていたのだが、略奪者という言葉がだしぬけに古臭く思えた。

「姉妹は彼女が訪ねてくることを知らなかったのかしら?」

「ええ。お昼前で、まだ寝巻きを着ていました。客が来るとわかっていたら、そんな格好ではいませんわ。とてもきちんとした人たちでしたもの。少しおまけして、今のわたしが知っている情報をお教えしましょう。警察が決して知ることのなかった事実ですわ。あのご婦人たちは、それまで一度も、その女性を見たことがなかったのです」

それはひどく奇妙なことだった。コックリルは立ち上がり、窓のそばへ行くと、見るともなしに外を見た。城下に広がる広大な庭、大きなテラス、高い塀をめぐらせた菜園と花壇。「書類はなかったのですか? ハンドバッグも持っていなかった?」

「ビニールのハンドバッグを持っていました。中身はちり紙と小銭、ごくありふれた化粧品。どれも仕切りの中にきっちりと納まっていました」ミス・トランブルは、またしても妙に挑戦的な口調でいった。

警部は黙り込んだ。「ミス・トランブル」公爵夫人がいった。「どうやら、あなたはその女性をご存じのようね。三人が亡くなったとき――それを知っていらしたの?」

「とんでもない」ミス・トランブルはそういって、平静を保とうと懸命に努力していた。「もちろん、知りません」

「つまり――あなたは彼女をかくまわなかったということね? 島では誰もが自由で、寛大で――」

「生まれてから一度だって、彼女には会ったことがありません。言葉を交わしたこともありませんわ」

ひどく奇妙だった。何もかもが、実に奇妙だった。当たり障りのない二人の女性は誰もが知っていて、ひとりのよそ者は、誰にも知られていない。遺体は夕方近くに発見されたと、ミス・トランブルはいった。本土の警察官が到着した頃には、犯罪などとは縁のない島の、小規模で経験も浅い警察が、どれほど現場をめちゃめちゃにしていたことだろう？　銃からは指紋は見つからず、三人の女性がどの順番で殺されたかもわからない。少なくともしばらくは、三人は腰を下ろして話をしていたようだ――ミセス・クレイの椅子は中央の椅子に少し寄せられ、〝いいほうの耳〟が客に向けられるようにしてあったし、ミス・トワイニングの眼鏡はテーブルの手の届くところにあった……ミス・トランブルがだしぬけに、少し酔ったかのように笑い出したのは、最初に顔を合わせたとき、三人の女性は手袋をしていたらしいと唐突に語りはじめたときのことだった。赤と白と青の手袋を。「英国国旗《ユニオンジャック》ではなくて、手袋なんです。これほど忠誠心に富んだものはないでしょう。青い手袋に、白い手袋に、赤い手袋……」

「赤と白と青――？　まあ、驚いた！」突然出てきた新事実に、公爵夫人は戸惑った。「それで、いろいろなことが説明できるわ」

コックリル警部が同じくらいほっとしていたとしても、彼はそれを表に出さなかった。「姉妹の遺言は、どのようなものでしたか？」

「ほんのわずかな遺贈品がありました。残りはすべて、島に贈るということでした。興味を引かれるような事実はありませんわ」

行き止まり。警部は窓辺から戻ってきた。「ミス・トランブル——なぜこの問題を、公爵夫人のところへ持ってきたのですか？　なぜこの人のところに？」

「ご本人には説明しました。ロンドンへ行く用事があったので、ちょっと寄ってみようと思ったのです。その若い女性は、この方と遠いつながりがあるものですから」

「誰もが、わたしと何らかのつながりがあるのですよ」公爵夫人はいった。「このようないい方をしてよければ、古くて多産な家柄なものですから。多かれ少なかれ、つながりがあるのです」アダムとイヴのようにね、と、夫人はぼんやりとつけ加えた。

「しかし、ミス・トランブルは、なぜそのことを知ったのです？」

「公爵夫人とのつながりがあれば」ミス・トランブルは、どこか意地悪くいった。「すぐに誰もが知るところとなりますわ。自分から吹聴《ふいちょう》しますから」

「その理由がわからないわ」公爵夫人はいった。「わたしは吹聴しようと思ったことはありません。しかも、当の本人なんですもの」

「しかし、ミス・トランブル——？」

「ある疑問がずっと残っているのです」ミス・トランブルはいった。「少なくとも、それを誰かに打ち明けない限りは死ねませんわ。ですから——推理を続けましょう」彼女は警部を促した。

コックリル主任警部は推理という言葉はあまり好きではなかったが、どのみち推理しなければならなかった。「脅迫としか考えられませんな。三つのスカラベのペンダントからして、それは将軍にかかわることでしょう」

「将軍のカイロでの暮らしには、何の秘密もありません」ミス・トランブルはいった。「心から妻を愛していましたから――家に来た手紙を見たことがありますわ。彼女は誇らしげに見せびらかしていましたから――愛情と思いやりにあふれ、島に戻ることだけを願っていました。彼の愛は、生涯ハニーサックル・ローズに捧げられていたのです。それでも、カイロでの暮らしは楽しかったようです。イギリス人夫婦と知り合いになり、その夫婦には、十歳になるかならないかの小さな女の子がいて」

将軍でないとしたら、姉妹のどちらかに秘密があったのだろうか？　それにしても――脅迫とは？　ミセス・クレイは敬虔《けいけん》さの見本のような人で、二十三歳で心から愛する人と結婚した。そして、ミス・トランブルがいったように、夫が死ぬまで、そして死んでからも愛していた。また、調査が行われても、妹に傷がつくような醜聞は少しも出てこなかった。アメリカ政府で立派な仕事をし、戦争が勃発してからはすみやかに帰国し、（非戦闘員として）お国のために尽くしたのだ……。

あるいは、銃を撃ったのは来訪者だったのか？　銃は遺品であると同時に身を守る手段だったから、いつでも手の届くところにあった。しかし、将軍がカイロで会った少女は、十一歳か十二歳だったろう。確かに、子供は耳が早いというけれど……。そうはいっても、あの手紙には本心が書かれているようだった。ハニーサックル・ローズに宛てたあの手紙には。

「なぜ今になって？」警部がいった。「なぜそのときに、警察にいわなかったのです？　少なくとも、彼女の親族に連絡を取るべきだったのでは？」

「親族のことは何も知らないのです。エジプトにいたとしても、今はいないでしょう。誰も名乗り出ていませんし。警察についていえば――あなたも今では、警察と同じだけのことを知りましたわ。でも、解決の糸口すら見つからないでしょう。たとえば、赤と白と青の手袋――これをどう思われます？」

公爵夫人は口を開きかけたが、コッキーのほうが先に、静かな声で答えた。「そうですな、あなたは巧みに、事件が起こったのは夏だと思わせようとしたが、それはわれわれをあざむくためだったということです。若い女性が訪ねてきたとき、姉妹は家事をしていた。赤いゴム手袋は皿洗い用、白い木綿の手袋は掃除用です。残りは女性がはめていた青い手袋ですが、湖畔の森を歩いてくるのに、上品なレースの手袋などはしないでしょう。はめていたのは青い毛糸の手袋です――手を温めるための――そうでしょう？　そして、季節が冬なら、誰にも見られずに島に来るのは不思議でも何でもない。五時半にもなれば、あたりは真っ暗になるでしょう。彼女はフェリーを降り、軽いスーツケースか、ひょっとしたらリュックサックひとつ持って、道を歩いていけばいい――」

「半マイルと離れていないんですものね――あなたの家までは、ミス・トランブル」公爵夫人はとがめるようにいった。

「いったはずですが、わたしは一度も――」

「あなたは放浪に出ていた――いい換えれば、出ていなければならなかった。あなたは、夏には必ず島にいるといった――目覚めに朝露を見るのだと……彼女は冬に訪れたのです」

「こうおっしゃりたいの」ミス・トランブルは、こわばった口調でいった。「彼女は留守の間に、わたしの家に忍び込んだと？」

「いいえ、まさか」公爵夫人はいった。「あなたが彼女に、家を使っていいといったのよ――家までの道順を教え、鍵のありかを教えてね。たぶん、彼女はあなたに手紙を書いたのでしょう。数え切れないファンのひとりとして。そして、それはあなたのもとへ転送された。ちょうど、ペルーかどこかへ出かけようとしていたときに――」

「外蒙古《がいもうこ》ですわ」ミス・トランブルは、鼻息も荒くいった。ペルーですって！　そんなの、グランド・セントラル駅も同じじゃない？　「わたしは、ありふれたところには行きませんの」

「――そして、あなたは急いでそのような返事を書いた。おそらく、彼女は作家志望で、あなたは家賃その他の心配をせずに執筆に打ち込めるチャンスを与えてやろうとお考えになったのね。手紙からは、彼女が好ましい人物であることが伝わってきた。素性が正しいことの裏づけに、わたしの名を出したのでしょう――とはいえ、先祖の何人かを思い出してみると、とんだお笑いぐさですけれど」公爵夫人はいった。

「そして、彼女は島のことに触れた」警部がいった。「子供の頃、クレイ将軍と知り合い、あれこれ聞いていると。それで――」

「殺人が起こってから、島の家という家が捜索されなかったとお思い？」

「彼女が几帳面な人だと、あなたは少々強調しすぎたわ」奥方がいった。「コックリル警部に探りを入れようとしたのね。その重大さに気づくかどうかを。つまり、彼女はあなたの家に、ちりひとつ残さなかった——」彼女が促すようにコックリルを見ると、相手もそれに応えた。「小さな旅行鞄は、あなたがいつも鞄をしまっている場所に置いておいた——さまざまな旅に備えて、ありとあらゆる種類のスーツケースを持っているでしょうからね。おそらく、寝袋を使っていたのでしょう。洗濯をしなくていいし、小さく丸めることができるからだ。わずかな衣類は、あなたがいった通り、ごくありふれたものだった。そこで、あなたの服の端にかけておいても、さして注意を引かなかった。使った数少ない食器類は、習慣で洗ってしまっておいた。たぶんあなたは、当面は買い物に行かず、冷凍庫から自由に食べ物を出していいといったのでしょう——」

「そして、わたしのクレジットカードを使わせたと?」ミス・トランブルは不機嫌にいった。「カードを使った形跡はなかったし、小切手も同じでしたわ」

「それほどお金に困っている女性が、銀行口座を持っているとお思い?」奥方はいった。「口座のない人はごまんといます。彼女は小銭をたっぷり持っていた。数枚の五ポンド紙幣がどこかに隠してあったところで、警察は何とも思わなかったでしょう。あなたが旅行に出るときには、イギリスの通貨は必要ありませんもの。そして、島の人たちを完全に信頼している。鍵も同じ——あなたは鍵を玄関先のどこかに隠し、そのありかを教えた。彼女はビニールのハンドバッグに鍵を入れて持ち歩くようなことはしなかった——もしなくしたら、予備はないのですからね。ああ、それにもちろん、お行儀のいい人らしく、タイプライターを使わないときには覆いをかけておいた。何か執筆していたとしても、あなたの作品ということで済まされたのでしょう」

ミス・トランブルは、素人の習作が自分の作品と間違われるという考えに、面白くない様子だったが、冷たくこう尋ねるにとどめた。「そして、事件のニュースを聞いたときに、わたしがそのことを全部自分ひとりの胸にしまっておいたとおっしゃるの?」

「しかし、ニュースは伝わらなかった、そうでしょう?」警部はいった。「外蒙古まではね。そして、帰国する頃には、島を除けば騒動はすっかりおさまっていた。自分の家に帰るまで、あなたは何も知らなかった――」

「警察からのメモがありました」ミス・トランブルはいった。「家に帰って、捜査の気配に気づいたときのためのね。それには事件のことが手短に書かれていました――そのときには十週間も前のことになっていましたが――でも、侵入者の形跡はなかったということでしたわ」

「そしてもちろん、明かりが見られることもなかった」コッキーはいった。「あなたの家は、ほかの家から見えないところにありましたからね。しかし、警察は彼女の指紋を調べなかったのですか?――家じゅうに残っていたでしょうに」

「警察は、誰もいなかったと確信しきっていましたから」彼女は肩をすくめた。「わたしは本土の警察をあまり評価していないといったでしょう」

公爵夫人は、家の捜査をしたのは島の警察だったのではないかと指摘することはしなかった。

「それで口をつぐんでいたと?」

「ええ――そうです。帰宅を知らせる前に、考える時間がほしかったので。いずれにしても、彼女がわたしの家にいたことは、大した問題ではありませんわ」

「警察にとってはね」警部はいった。

彼女は探るように警部を見た。「何がおっしゃりたいの？」それから、だしぬけに続けた。「このことはすべて、内々にお話しているのですよ。わたしの信頼を尊重してくださいますわね？」

「これまでのところはね、ミス・トランブル」コックリルは、どこか険しい口調でいった。「しかし実のところ、あなたはほとんどわれわれを信頼してくれていないようだ」

「公爵夫人にはすべてお話ししましたわ。でも、突然あのバザーに連れていかれて。そこであなたをお仲間に入れ、挑戦させてもらおうと思ったのです。それで、もう一度お尋ねしますけど――何がおっしゃりたいの？」

「彼女があなたの家にいたことは、警察にとっては大した問題ではなかった」コックリル警部はいった。「しかし、あなたには大きな問題だった、ミス・トランブル――違いますか？　この大切な島には、周囲に認められない人間は入ることを許されない。そしてあなたは、予告もなしに、見知らぬ他人を呼び寄せた――そして事件が起こり、彼女はどうやら脅迫者で、この狭い社会でひどく愛されていた二人の老婦人を死に追いやったらしいということがわかった……」

いつもワニ革のように日焼けしているミス・トランブルの顔は、色を失った。「すぐに自分のしたことに気がつきましたわ。でも……彼女の手紙が、最後の連絡地点であるウランバートルに転送されてきたとき――荷造りに追われていて、つい返事を書いてしまったのです。あんなことをしなければ……」彼女は悲しげにいった。「本当に、彼女がすべて計画したのでしょうか？ゆすりでお金を得ようとして？」

「たぶん、そうではありませんわね」公爵夫人が優しくいった。「もっと罪のないことだったと思うわ……」

「たとえば――自分を受け入れてほしいとか？」警部がいった。「彼女はあの家を訪ね、自分の着けているスカラベのペンダントを見せた。姉妹が持っているのと同じものをね。そして――それをくれた人から聞いた話をした。困ったときにはセント・マーサ島の〈ハニーサックル・ハウス〉へ行き、証《あかし》としてこれを見せろと――」

「母親にね」ミス・トランブルはいった。

母親！「まあ、ミス・トランブル！」ふたたび、公爵夫人はとがめるようにいった。「姉妹に娘はいなかったと、おっしゃったじゃないの」

「そう……養女に出されたのです。そういう子供は、母親に辛い思いをさせないために、生まれてすぐに引き離されることが多かった。そして、ミセス・クレイの妹は、不義の子を手放さなくてはなりませんでした。物事が今のように簡単にはいかない時代の話ですわ。そしてミセス・クレイは、とても敬虔で、潔癖な人だった。最後まで、ロザリーは姉を少し恐れていたのだと思います」

「しかし、妹の不道徳を思い悩んで、銃を手にするとは――？」

「彼女は少し耳が遠かったのよ」公爵夫人がいった。「聞き間違えて、あらぬ誤解をしたとしたら。つまり将軍が――」

「生涯かけて愛した人が」ミス・トランブルは、それに触発されたように叫んだ。「自分を裏切った！　あのひどく神経質な人は、とても長い間、自らに課した規律の中に攻撃性を押し込めてきた！　その間ずっと、どんな名状しがたい疑惑が、内心渦を巻いていたことでしょう？」大作家は、ウォッカ・トニックの力を借りなくても、いつもの調子を発揮してきた。「愛する夫が――不貞を働いた！　生涯にわたって献身してきた妹は裏切り者だった！　嵐が吹き荒れ、ついに彼女を突き動かす――銃を手に取り、構え、狂乱の一瞬、すべての痛みを吹き飛ばした……」

「ほんの少し考えれば、このような事態は避けられたでしょう」コッキーは雰囲気をぶち壊すような口調でいった。「将軍が妹と過ごしたのは、ほんの数日のことだった――結婚式のときです。それからは、彼女が休暇で合衆国から帰ってきたときに、たまに顔を合わせるくらいだったでしょう。しかし、殺人が起こったときの年齢を考えれば、それよりずっと前に子供ができていなければならない」

「スイスを離れる前のこと？」公爵夫人がいった。「それで急に、誰も知る人のいないアメリカへ渡ったのかしら？　スイス人の恋人が――」

「平和主義のスイス人が、戦時中にカイロで何をしていたというのです？」コッキーがいった。「それよりもありえるのは――」

「アメリカ人の恋人ね！」奥方はいった。「脚の不自由な奥さんがいるので、離婚できなかったという。それで、子供は養女に出された。それから戦争が起こり、ミス・トワイニングは帰国した。そして恋人は結局、アメリカ軍として中東へ出征し、のちにイタリアで戦死した。けれどその間、彼女は恋人に手紙を書き、今はカイロに住んでいる養父母と連絡を取って、子供がどうしているかを知らせてほしいと頼んだ。そして、彼にスカラベのペンダントのことを話した。おそらく、娘が自分に会いたくなったときのためにお膳立てをしたのも、彼女本人だったのでしょう――」

「ですから、ミス・トランブル」警部は、いつもの辛辣さを忘れていった。「耳の遠い女性が誤解をし、取り乱して銃を撃ったからといって――あなたのせいではありません」

「彼女があの家へ行ったのは、わたしのせいですわ」ミス・トランブルはいった。「それに、どんな誤解があったにせよ――彼女があそこへ行って、打ち明け話をしなければよかったのです。わたしは、今のあなたがたが知っているのと同じだけのことを知りました。あなたがたのように、真実を突き止めることができれば――彼女を行かせるべきではありませんでした。死ぬ前に、このことを誰かに打ち明けたかった。少なくとも、自分ひとりの胸にしまってはおけなかった。島の人には話せませんでした。でも、公爵夫人……あなたのお噂はうかがっていました。こうした事件を、うまく解決してくださる――物事を明らかにしてくださる――しかも、親切な方だと。確かに、警部を相手にゲームを挑みましたわ。けれど、あなたにはすべてお話ししました。何も包み隠さずに。懺悔《ざんげ》といっても結構ですわ」

「汝を赦《ゆる》します！」公爵夫人は赦しの言葉を口にしながら、さながら懺悔室の司祭のように十字を切った。「ミス・トランブル――本当は、赦すことなど何もないのですわ。脅迫はなかった。関係もなかった。不義の子も、何もなかったのです。わたしたちは可能性を探っていただけです。おそらく、警察がそれほど無能ではないことを証明したかったのでしょう。しかしもちろん、そこに真実はありません。実際は、それよりもずっと単純なことではないかしら、コッキー？」

「あなたは親切で、寛大なことをしたのです、ミス・トランブル。間違ったことは何もしていません」

「事実、この事件にかかわった人たちは、誰ひとり間違ったことはしていないのです」公爵夫人はいった。「ただ、哀れなひとりの女性が、自分のしていることに責任を持てずにやったことを除けば――」

「どの裁判官も、彼女を有罪にはできませんよ」コックリル警部はいった。「〝精神の均衡を欠いていた〟――公式のいい方ではそうなるでしょう」

「彼女がその家を訪れたのは」公爵夫人がいった。「ただの善意だったのでしょう。たまたまこの島に来たので、将軍の未亡人に会おうと思ったのです。小さい頃、カイロで知り合った将軍が、自分の家と愛する人のことをどれだけ語り、どれだけ家を恋しがっていたかを伝えようとした……そこで彼女は、ロッキング・チェアに目を留めたのでしょう。そして将軍が何度となくその話をしていたと口にしたのです。がたのきた、古いヴィクトリア時代の二人掛けのロッキング・チェア――そして、その上で過ごした、生涯で一番楽しいひとときのことを。心から愛する人をその腕に抱き、ゆっくりと前後に揺らして――」

「――そこで、哀れな妻ははっと立ち上がった」コッキーがいった。「そして叫んだのです。〝でも、それは彼女の椅子よ！　わたしは一度だって、彼とその椅子に座ったことがないわ！〟爆撃で壊れたその椅子は、妹が――そして彼が――ロンドンにいたときに使っていたものだったのです。彼は死ぬ間際にその椅子に這い寄り、本当に愛している人に、最後の言葉を残した――いまわの際《きわ》のつぶやきとして――彼女に」

「あのとき、あなたが笑ったのも無理もないわ、ミス・トランブル」公爵夫人がいった。「あなたがわたしたちに、ミス・トワイニングは眼鏡をかけ、ミセス・クレイは耳が遠かったといったときに。まるで二人のペギーじゃなくて？――村では眼鏡をかけたペギーと、少し耳の遠いペギーと呼ばれている。将軍はきっと、妹をひと目見たときに悟ったのだわ――彼女が結婚式のためにロンドンへ来たときに。うちの運転手のビルのように――間違った女性と結婚してしまったと」

「それなのに、間違ったことは何もないとおっしゃるのですか？」ミス・トランブルはいった。

「人を愛するのは仕方がないわ。そして、お互いほとんど離れていながら、それでも続いていたとすれば、それは本物の愛よ。もうひとりに対しては――彼は約束を守り、結婚生活を続けた。妹は外国へ行き、誘惑を遠ざけようとした。ところが、戦争によってふたたびめぐり合った。妻は島に引っ込み、彼らはロンドンで二人きり――そう、人生の最後には、彼らが最も幸せだったのはあのロッキング・チェアで過ごした日々だといったことでしょう。わたしが思うに、少なくとも貞節という言葉においては、彼らはそれを守っていた。ただし、その言葉に、ほんの少しの欺瞞《ぎまん》が含まれていたのです――妻の頭上を素通りして、本物の愛は彼のハニーサックル・ローズに捧げられた。そう、彼女の名もローズじゃなくて？　ロザリーですもの」

「しかし、哀れな妻は知る由もなかった」警部はいった。「そしてミス・トランブルは、そのときの彼女の精神状態を実に生き生きと語りましたな。銃はそこにあり、手を伸ばして取り上げるだけでいい……多くの殺人が、同じようないきさつで起こるのです」彼はみすぼらしい麦藁帽子を探し出し、それを胸に、まんざら見苦しくもない敬礼をしてみせた。「わたしも奥方と同じ意見ですよ、ミス・トランブル。あなたは親切で寛大なことをしたまでで、ご自分を責めることは少しもありません」それから、女主人に向かっていった。「人を呼ばなくても結構。お城の門までは行けますので」

「何をおっしゃるの！」公爵夫人はそういって、少なくとも階段の手前までは彼を見送りにきた。「気の毒な女性《ひと》！　心から罪の意識を感じ、苦しんでいるわ。でも、立ち直れますわね？」

「何とかして」主任警部はいった。「立ち直ってくれるでしょう」

だが、ミス・トランブルにはそう時間は必要なかった。公爵夫人が戻ってくると、彼女は小さなサイドテーブルのかたわらで、景気づけのウォッカ・トニックをたっぷり注いでいた。「奥さま！　もうすっかり筋書きができましたわ！　舞台は少し変えなくてはなりませんし、もちろん、登場人物もわからないようにしなくてはなりませんが……たぶん、ポカホンタスの物語がいいでしょう。アメリカの大衆は喜ぶでしょうからね。彼女はロルフという男と結婚したけれど、自分が助けたジョン・スミスとか何とかいう男への情熱を断ち切れなかった。何から助けたのか、後で調べなくちゃ――」

「そのときは十二歳だったというのに？」公爵夫人はつぶやいたが、作家は得意げに続けた。

「――そして、彼女の家の大広間には、金箔を貼った豪華な長椅子があって、それが二人の愛の成就をすっかり見届けていた――」

「でも、あれはロッキング・チェアだったのよ」公爵夫人は抗議した。「それに、何事もなかったことが、肝心なのじゃありませんか」

「あら、それではわたしの読者は満足しませんわ」と、ミス・トランブルはいった。

屋根の上の男

吉野美恵子訳

ひよっこ巡査一人を部下に使ってホークスメア村の小さな派出所を預かる巡査部長のクラムは、ヘロンスフォードのコックリル警部に電話した。「公爵なんですがね、警部。これから自殺すると、派出所に予告の電話をよこしまして」

「公爵？　どこの公爵だ？　きみのところか、あのお城の？」

クラム巡査部長はゆっくり考えて、この広くもない地区に華麗なる貴族が、区別をつける必要があるほどぞろぞろいるわけではないことをやっと思い出した。だが、コックリル警部はいつまでも答えを待ってはいなかった。「それで、きみはどんな手を打ったんだ？」

「うちの巡査を見つけようとしとるんですがね。やっこさん、村で食事の最中だったんですわ、ええ、村の自分の家で。ちかごろ言われる〝イワシの罐詰〟ってのはあれですな、なんせ年寄り連中が——」

「まあ、きみのところの巡査の暮らしぶりなんかどうでもいいから——」

「——で、家族の話だと、やっこさんは突然とびだしていったそうなんですわ」クラムは慌てず騒がず話をつづけた。「なんだか銃声のような音が聞こえたとか言って。家族の者は何も聞いとらんのですが、なんせ年寄り連中はちっとばかし——」

「いいからともかく大至急その巡査をつかまえるんだ！　わたしも、遅くとも三十分後には行くから……」

巡査部長は別に急ぐでもなく道を進み、北門で車から顔をつきだして門番に質問し、公爵が二、三時間前に南の番小屋のほうへ向かったことを知った。そこに気づかなかったとはと軽く自分を呪い、それから城壁をぐるりと大まわりして、かつては反対側の城門だったほうへと走りだした。もちろん南の番小屋にきまってる！　お城で銃声がしたのだったら、フィッシャーに聞こえたはずがないじゃないか。

番小屋に通じる細い砂利道の、小さな木の門の前に巡査がいて、倒れまいとするかのように自転車につかまっていた。ちょっとした男前の大きな若々しい顔が全体に妙な土気色を帯びていた。

「死んでますよ、巡査部長」

「死んでる？　やっちまったのかい？」

「どうもそのようです。居間の床に倒れてるんです。そこらじゅう血だらけです」

「ほんとか。まだ確認はしてないんだろう？」

「ドアに鍵がかかってるもんで。自分は窓から覗いたんですが、窓からはいるのは狭すぎて無理です。それに、どっちにしても……」

「おれはまた、とんだ時間をくっちまった。見当違いをやらかしてね。おまえはまっすぐここへ来たんか？」

「そうです。銃声が聞こえたんで、ひょっとしたらと思って。それに、彼がこっちにいることはわかってたんです、今朝、門をはいっていくのを見かけたから。そんなわけで、ひとっぱしり自転車で見に来たんです」

番小屋は、実はもう番小屋ではなかった。さして遠くない昔に、そこの堂々たる鍛鉄《たんてつ》の門がとりはらわれて、空いたところは、小さな通用門のみを残して煉瓦でふさがれた。さらに、城とその敷地を囲む高い塀が内側に建てなおされて、小住宅は城壁の外に、広さ一エーカーそこそこの単調でまったいらな土地――いまは二インチほど降り積もった十二月の雪《クリスマス・スノウ》におおわれているが――の一画を占めることになった。玄関のささやかなポーチに通じる小さな木の門に充てられた箇所を除き、生垣が建物をぐるりとめぐる高い囲いとなった。冗員《じょういん》とみなされた門番は、以後もそこに住むことを許されたが、三年ほど前、現公爵の爵位継承に伴い、哀れにも老妻ともども追立てをくった。蝶の蒐集《しゅうしゅう》と毒殺を唯一の暗い情熱の対象とする現公爵が、この家を、自分と自分の趣味のための一種の遊戯室に改造することを望んだからである。その目的に等しくかないそうな部屋が城には少なくとも七十室はあるにちがいないことを考えると、立ちのかされた者にしてみれば、引きこもりたいのならお城に部屋を見つけりゃいいものをと、恨み言のひとつも言いたくなったことだろう――相手が公爵ではそうもいかないが。

いまは、浅い雪の上に、細い二本の線、明らかに巡査の自転車のタイヤの跡が、玄関まで行ってまた戻ってきたことを示しているが、戻り道はどうやら明らかにふらついていたようだ。そのほかに雪面には何の跡もなかった。「彼の足跡が一つもないぞ!」

「ええ、彼が門をはいってくのを見たときはまだ雪が降っていませんでしたからね」どうしたわけか巡査は蒼白になっていた。「二時間ほど前に見たんです」

「ああ、なるほど……」警部が到着するまで自分の務めを遅らせていれば、驚くべき一大事件の重荷を肩代わりしてもらえるんじゃないかというひそかな期待を、クラム巡査部長は棄て去った。丘の上の城の静かな影に抱かれたのどかな小村ホークスメアでは、不慮の死は日常茶飯のことではないのだ。軽い突風に渦巻く雪のなかを、クラムはただ漠然と、本能的に、自転車のタイヤの跡をよけたほうがよさそうだと思いながら、歩きだした。巡査がどこで彼の乗物を家の外壁にたてかけ、ポーチの石段を二、三段のぼったのか、一目でわかった。雪面を乱して石段を降りたあと、巡査の足跡は右のほうへまわりこんでいるようである。「横の窓のほうに行ったんです」と、フィッシャーがクラムの視線をたどって言った。向かって左側の小窓を彼は指さした。「あそこから覗いても、あんまりよく見えないんですよ」

「でも、まあ、わかることはわかるんだろう?」とクラム巡査部長は言った。

玄関にはエール錠が降りていた。自動的に降りるタイプで、いったんドアが閉まると、専用の鍵を用いなければ開けられない。「うーん」巡査部長は唸った。それから、家の横手へまわりこんでいる巡査の足跡をたどっていき、やがて、無骨な田舎者の顔を同じく妙な土気色にして戻ってきた。「たしかに死んどるようだ」と落ちつかなそうに彼は言って、無言の祈りを捧げた。

祈りは聞きとどけられた。雪に閉ざされた静寂のなかに車のエンジン音が聞こえ、小さな門の前にコックリル警部が降りたったのである。いつものくたびれたレインコートを今日ばかりは肩にはおらずにちゃんと腕を通して着こみ、ふわふわの真白な髪の、立派な頭に、例によってサイズの合わない帽子をあみだにかぶっていた。コックリル警部は、本当の持主にとってはいい迷惑だが、たまたま手近にある帽子をどれでもかまわずにかぶっていくことで知られている。かぶると本当に耳は聞こえず目は見えないというものでさえなければ、〈ケントの恐怖〉にはもう充分まにあうのだった。

彼は長いこと一心に状況を観察していた。平坦な銀世界にある小さな家は城壁と生垣に囲まれているため、門の上から覗かないかぎり、ほとんど見えない。密室殺人にはうってつけの舞台だな、と彼は思った。いや、そんなことになった日にはたまったものじゃない！　ありがたいことに、本人から前もって知らせのあった本物の単純な自殺らしい。それに、彼が聞いた話からすると、第六代ホークスメア公の逝去を悼む人間はさほど多くはなさそうだった——実際の話、ほとんどいないらしい。

凝った装飾のゴシックまがいのファサードが降りかかる雪を受けてきらきら光り、いま見るかぎりではお伽噺《とぎばなし》にでも出てきそうな、こぢんまりしたきれいな家。平屋根の、八角形の部屋、その横手の小窓から、かつては門番がいつでもとびだして門を開ける用意も怠りなく、近づいてくる乗物の最初のきざしをとらえようとして覗いていたのだろう。その部屋へ、玄関のドアが直接通じている。部屋のつきあたりにも、家の奥の二、三の小部屋と家事室のほうへ通じるドアが一つ。正面だけが、見られることを予期してデザインされており、残りはさえぎられ、背後に隠しこまれて、見た目にも著しく装飾性が減っている。その部屋の家具といえば、タイプライターと書きものの束、それに公爵の唯一最大の関心事に使われる道具類を並べたデスクとトレッスル・テーブルのみ。家の中にはそのほかに家具はない。

コックリル警部は静かに立ったまま、それらすべてを頭に刻みこんだ。別室に通じるドアはこちら側からボルト錠をかけてあった。裏口か窓からはいりこまないかぎり、家の中に誰かほかにも人がいたことはありえないし、事実、誰もいなかった。死体は玄関のドアのすぐ内側に真横に倒れており、そのため、ドアを開けたときは死体の頭と肩（ドアに背を向けていた）と、投げだされた腕しか見えなかった。弾丸が右のこめかみからはいって、頭の反対側、やや上に抜け、その弾丸は当然ありそうなところに、反対側のドアの柱の上のほうにめりこんでいた。蓋の開いた魔法壜が、冷たくなったコーヒーをほんの少し底に残してデスクにのせてあり、明らかにサンドイッチをくるんであったと思われるアルミ・ホイルもあった。時刻はまだ午後も早いころだった。


小一時間後、捜査活動の開始を見とどけたところで、コックリル警部は決心をつけた。「やはりお城に行って、遺族と会ってみるほうがよさそうだぞ」だがその前に、巡査を呼びよせた——彼の前に立って巡査はすっかり青ざめ、両脇に垂らした手がかすかに震えていた。「さてと。名前はフィッシュだったな？」

「フィッシャーであります」とても否定する勇気はなくて、巡査はただそう言った。

コックリル警部は訂正を認めた。「では、もう一度はじめから話してくれ——銃声を聞いたんだね？」

「ちょうど自分は食事中だったんです、家でおじいちゃんやおばあちゃんや、おやじやおふくろやみんな一緒に。そしたら銃声が聞こえたんで、ついにやったな、あのクソッタレの老いぼれめ、と思いました、いや、つまり」と、大あわてで続けた。「公爵がとうとうやってしまったんだ、と思ったんです」

「公爵の癖、しじゅう自殺を言いだす癖は、きみも知っていたんだな？」

「しょっちゅう派出所に電話してきたから――今日もそうでした」

「ふむ。誰かほかに銃声を聞いた人は？」

「それが誰もいないんですよ、コックリルさん、警部。おじいちゃんとおばあちゃんはどっちも少し耳が遠いし、おやじとおふくろは口喧嘩の真っ最中、小さな子供たちもみんな喧嘩してるわで、いつものことだけどそりゃもううるさいのなんの。それに――」

「それに？」

「もし聞こえたとしても、いい厄介払いだ、ほっとけとしか、みんな言わなかったでしょう」

「ほう」コッキーは冷静に応じた。「どうしてみんなそういうふうに言っただろうと思うんだい？」

「どうしてかって……だからその、誰だってあの老いぼ――いやその、公爵は誰にも好かれていませんでしたからね」

「にもかかわらず、きみは私情を押し殺し、彼を助けにすっとんでいったわけか？」

「それが自分の務めです」フィッシャー巡査はちょっと気取って答えた。

「彼がここにいることはどうして知っていた？」

「来るところを見かけたんです。それに彼は、いつも昼間はほとんど一日中こっちで過ごしていました。サンドイッチやコーヒーや何や持ちこんで」

「そして、それらをたいらげたらしい。ちとへんだと思わんか?」

「つまり、〝囚人が朝食を腹いっぱい食った〟のがってことですか?」

ほほうと感心したような目で警部は彼を見やった。「そのとおりだ。これから自殺しようってときに誰が昼食をきれいにたいらげたりするかね?」

「もしもその人間が――まあその、気紛れな質《たち》なら……それに、食事をしたのはだいぶ前ですよ。コーヒーがもうすっかり冷たくなってました」

「そういうことだな……よし、もう一度確認しよう。きみは銃声を聞きつけて、六分か七分後にはもうここの戸口に着いたんだな? 玄関は鍵がかかっていたと? きみは窓のほうにまわり、覗きこんだ。いちばん近いこの玄関脇の窓じゃなくて、部屋の横手の窓だ」

「こっちの小窓からじゃ部屋のなか全体は見えません。あっちからでもやっぱりよく見えないんですが。でも、彼の姿はだいたい見えました。自分も――まあその、ちょっとあわてちゃったんです、彼があんなふうに、なんだか死んでるみたいに倒れてるのを見て」

「どこからどう見ても死んでるみたいにな」コッキーは辛辣に言った。「中にはいって、生き返らせようとは思わなかったのかね?」

「でも死んでたんです、警部。頭なんか――」巡査は頬をふくらませたと思うと、手でぱっと口を押えた。

「そのうち慣れるよ」警部は優しい口調になった。「誰でもショックを受けるものだ、最初はね。

で、きみは自転車に乗って、門のところへ戻ったんだな？　少々よろついてるぞ、このタイヤの跡だ、帰りの」

「ええ、自分は少し……ともかく、巡査部長が来てくれないことには、どうしていいかわからなくて」

「言いかえれば、度を失っていたってことだ」

クラム巡査部長に向かってコックリルは不機嫌にぶつぶつ言った。「若い新米だぞ！　かりにもホークスメア公たる人が自殺を予告してきたというのに、駆けつけたのは誰か——まだ耳の後ろが乾いてもいない、大きな赤ん坊も同然の新米巡査だ」そして、丘のてっぺんから威嚇的に気難しく彼らを見おろしている城に目を走らせた。「いったい公爵夫人が何と言うやら……」

公爵夫人は実際のところ、さわやかにこう言ったものだ。「ええ、彼は日頃からしょっちゅう自殺すると言っておどかしておりましたからね。そこらじゅうに遺書がちらばっていますよ。警察のほうで誰か偉い人をしじゅう待機させておいたら、ほかのお仕事がぜんぜん進まなかったでしょう」それにしても、かわいそうにあの若者は何もかも一人で処理しなければならなくなって、生きた心地もしなかったろう、と彼女はつけくわえた。「それであなたは、今度のことは実はそんな単純なことでもないとおっしゃるの？」

単純どころの話じゃない。だが、さしあたり警部ははぐらかした。感謝に耐えない様子で彼は言った。「あなたはたいそう平静に受けとめておいでですね」

二人はみごとな年代物の家具に飾られた公爵夫人の私室にいた。大きな座り心地のいい安楽椅子に掛けていると、気分までゆったりしてくる。彼には、公爵夫人はいつも、いろんな点で彼女自身が座り心地のいい安楽椅子のように思えるのだった。温かく、包容力に富み、全世界に向かって歓迎の手をさしのべているかのようで。「ええ、それはね——悲嘆に暮れているふりはできませんわ。もともと彼はずっと遠縁の者にすぎなかったんですよ、ええ、惨めな貧しい男でした、ほんとうに！」彼女の息子の若い公爵は三年前、大学での事故で他界し、彼の従兄が爵位を引き継いだのである。

「わたしはずっとこの城で彼と同居していました、寡婦用住居に退いて独立したいのはやまやまだったけれど。でも彼は意地の悪い男でした、領地や領民に一片の愛情も持っていませんでした、いたるところに山ほどの害を与えておりました。これで彼の弟が跡を継ぐことになりますけど、こちらはいわば違う鍋の魚で、領民を愛していますし、息子のルーパートもかわいいベッカも、みんな心から領民をたいせつにしています。それにしても彼らにとってはなんという変化でしょう！　兄のハムネットが爵位を継ぐまではみんな教会のネズミのように貧しかったのですからね。わたしたち一族のような古い名門の人間なら当然金持ちにちがいないと、世間ではそう思われているけれど、領主は別として、もちろんそうともかぎらないんですよ。ハムネットのところが裕福ではなかったことは確かです……」彼女の思うには、そのためにハムネットは結婚もしなかったのだが、実は最近になって、結婚するらしいという噂がささやかれていたという。

「それならハムネットは爵位を引き継いで大喜びだったでしょう？」

「さあ——喜んではいませんでしたね、わたしたちの見たところでは。彼は幸せな人ではありませんでした。鬱病、と精神科医なら診断したでしょうけど、たしかに彼はホークスメア公という立場に何の喜びも見いだせなかったのです。でも、喜びはあるのですよ、ものごとの中心になり、領地の適切な運営に気を配り、領民たち、うちの者たちの面倒を見ることには。〝うちの者たち〟と言うと保護者気取りのように聞こえるけれど、でも本当に家族も同然になるのです。大勢の人が何代にもわたり公爵家とともに歩んできたのですから。彼らをかばうようになりますし、ありがたいことに、新公爵のウィル、それにかわいいルーパートとベッカもその気持ちを強く持っておりますわ。白状いたしますとね、そういうことがわたし大好きなんですよ。慈善市の開催さえ、ひそかに楽しみました」

「誰もあなたのようには慈善市を開けませんよ」とコッキーは如才なく言った。

「ともかく今度は新公爵が慈善市を開きますからね、みんなここで楽しく過ごせますわ、これからはもう永久に。子供たちは学校が休みのときはよくこちらに来ていたんですよ、南の番小屋の一家と大の仲良しになりましてね。かわいそうなデイヴ、あの幼い恋のやまい、あれはちょっと感動的だったわ、文字どおり手となり足となり、彼女がそばに来るといつも真っ赤になってしまって……」

南の番小屋の一家とは面識もなく、デイヴというのはどこの誰やらこれもまるで知らないコックリル警部は、そんなことよりも、新公爵一家についてもう少し探りを入れてみた。「いまはみなさんこちらに滞在なさっているんでしょう?」

「ええ、クリスマスで。子供たちがそばにいるのは本当に嬉しいものですね」

「きれいなお子さんだそうですね？　お二人とも背が高くて。お父さん似ですか？」

「あら、いいえ――蟻ですよ！　だって、わたしのきれいな息子に比べたら、あの子たちはずいぶん色黒で小さく見えますもの」

「いたって軽量級なんですな？」

「ええ、二人とも……」彼女は急に言葉を切り、警戒の目で彼を見た。「なぜそんなことをおききになるの？　何かこっそり用意しているのね、いけない人！　わたしに隠しごとをしているんだわ」

「いえいえ。ただあなたから事実を引き出したいだけですよ、先入観なしでね。そういうわけなんで、お返しにわたしもある事実をお教えしましょう。ほかの人にはこんなことはまずやりません、ですからどうかあなたお一人の胸にしっかりとしまっておいていただきたいのです」だが、それを声に出して言う気にはちょっとなれなかった。「〝密室の謎〟というのをお聞きになったことはありますか、公爵夫人？」

「探偵小説に出てくるような？　かんぬきをしたドア、掛金のかかった窓、足跡ひとつない原野――」信じがたい面持ちで公爵夫人は絶句した。「あなたはまさかあれを指して言っているのじゃないでしょうね？　あの降り積もった雪のなかの番小屋を――？」

「巡査が自転車を玄関に乗りつけました。彼は少し歩いて横手の窓のほうへ行き、またひきかえした。そして、自転車で門のところに戻った。そのあと、今度は巡査部長と二人で家へ歩いていった。わたしも家へ歩いていきました。それらの行って戻った足跡と、行って戻った自転車のタイヤの二本の跡を除いては——あの家の周囲の銀世界には窪みひとつありません。城壁と生垣に囲まれて、砂糖衣をかけたケーキの中央のチェリーそっくりの家。なんの痕跡もありません」

「でも、そのどこがそんなにへんなのかしら？　家にはいったときに当然ドアを閉めて、自動的に鍵がかかるのにまかせたでしょう——公爵の話をしているんですよ。それに、この天気では窓も閉めっぱなしにしておいたでしょう。彼は雪が降りだす前に来たんですよ。拳銃を持ってね——いつものことだけど、たぶんいつでも自殺したくなったときのために。そして、本当にそうしたくなったんですよ。いつものように派出所に電話してから、座って、またまた遺書を書き、そして今回は気分転換に、おお気の毒なハム、本当にズドンとやってしまったんだわ。だって、あなたのお話では、彼はただあそこに倒れていたのでしょう——？」

「玄関のドアのほぼ真ん前に。ドアを開けると、まっさきに彼の右手が見えました——五本の指を半ば折り曲げた手が。即死です。至近距離からの銃弾による。絶命後にちょっと動いたとか、短い距離を歩きさえしたとかいう、医者泣かせの問題はありません。彼の場合は即死で、倒れたところにそのまま横たわっていました」

「しかも現に巡査が銃声を聞いているのでしょう。それなら、いったいどこに謎がありまして？」と、当然のことながら公爵夫人はたずねた。「あなたの密室はどこにありますの？」

「密室はあの番小屋ですよ。いってみれば、あの踏み荒らされてない一面の雪のなかに封じ込められているわけです。番小屋で男が一人、ほんのしばらく前に死んだ。即死で、至近距離からの銃弾による傷が死の原因だった。そして謎は、言うは易しだが、答えるのはどうして容易なことじゃありません。謎はこうです――拳銃はどこにあるのか?」

「どこに――?」

「――つまり、拳銃が当然あっていいはずの彼の右手のそばにはないし、番小屋のほかのどこにもなければ、外の一面の雪のどこにも見あたらないんです」警部が手でくるみこむようにして持っている煙草の青い煙が、指のあいだから、渦を巻いて上がっていった。いきなり彼は、乱暴ともいえる仕種で、ちらちら燃えている暖炉のまんなかに吸いさしの煙草を放りなげた。「まったく厄介なこった」と彼は言った。「くそいまいましい拳銃はいったいどこにあるんです?」そして、すぐ謝った。「ああ、公爵夫人、どうかお赦しを!」

「いえ、謝らなくてもいいんですよ。わかっておりますわ。あなたにしてみれば大変なことですものね」それどころか全員にとって大変なことだと、だんだん彼女はこれが当然何を意味するかに気づいて、つけくわえた。

なぜなら、ホークスメア公がついにわが身を拳銃で撃って果てたのではないとなったら――彼に代わってそれをやったのは誰なのか?

「それに、その人物はどうやって逃げたのでしょう――?」

「それに、その人物は拳銃をどう始末したんでしょうかね――?」

二人とも長いこと無言のまま、繰りかえし考えていた。ようやく警部が重い口を開いた。「考えられる解答はただ一つしかないと思いませんか?」

「ええ、まあね」と公爵夫人が言った。彼女はどことなくうちしおれた様子で彼を見つめた。「あなたもわたしが考えているのと同じことを考えていらっしゃるの？」

「いったいどんな動機がありえたかという問題をね」と警部は答えて、肩をすぼめた。

「動機ですって？　あら！」彼女は愕然としたようだった。「あなたはやっぱり、わたしが考えているのと同じことを考えているわけではないのね、コッキー」そして彼が考えていることは絶対に、もう絶対に「ぜんぜん間違っているわ」と、公爵夫人は真剣な口調で言った。


　警察が自由に使える少数の人員に、厳選された手伝いの村人たちが追加され、南の番小屋で、消え失せた凶器を見つけ出すべく、生垣や溝を突いたり押したり叩いたりの大捜索が繰り広げられた。成果は——まったくのゼロ。こうしたことは不思議に伝わるもので、少なくとも地元紙は事件の噂を聞きつけ、近隣の小さな町から記者が興奮に目の色をかえて大勢押しかけていた。ほどなくロンドンの記者連も加わるにちがいない。ただでさえ彼らは、ぶらぶら揺れるカメラの重みに背をまるめ、例によって薄よごれたよれよれのレインコート姿で歩きまわり、聖域をめちゃめちゃに踏み荒らして、はやくも多大の迷惑を及ぼしているというのに。「どうにもならなかったんですよ」と、ヘロンスフォードから駆けつけたコックリル警部直属の部下の巡査部長、チャーリー・トーマスは言った。「捜索やら何やらで、連中を押えこめるだけの人手がないんです。水銀の玉みたいなものでね、親指で全部押えつけたぞと思っても、また突然ばあーっと、小さな粒になって四方八方に散らばっちまうんですから。でも、こうどんどん雪が降り積もっちゃ、どのみちたいした調査はできませんよ、警部。何の跡もみんなもう消えかけてるし、手がかりになりそうなものはもう徹底的にふるいにかけたんだし」

ずいぶん長いあいだ警部はじっと立ったまま、周囲を見まわしていた――平らな純白の広がりを囲む城壁と生垣に目を投げ、それから、フィッシャー巡査が公爵の死体をはじめて見て震えながら覗いていた窓のほうへ、踏み荒らされた雪のなかを歩いていった。フィッシャーがあとでその窓によじのぼり、屋根に拳銃が放り上げられた形跡はないか、尖塔の立ち並ぶ手摺《てすり》越しに見渡したのだったが。「いや、巡査部長、なんにもありません！」そこよりほかに、屋根に拳銃を放り上げられそうな場所はなかった。

そして拳銃は家のどこにもない。公爵が死んだ部屋にも、奥の空っぽの部屋にも。境のドアはこちら側から鍵がかけてあるし、どの窓も裏口のドアも同様に堅く閉ざされ、ほとんどの窓が板でふさがれている――まるで何者かが内側からひとつひとつ安全を確かめたうえで、八角形の部屋にはいり、境のドアを旋錠したかのようだ。だが、何ヵ月も前から、家の奥に誰かがいた形跡はない。コックリル警部は満足の溜息をついた。彼は何事につけても正確さを重んじる男だった。

夜もふけたころ、信頼できる忠実な部下たちにあとを任せて、警部は巡査部長に声をかけ、二人でヘロンスフォードへひきかえした。暗い夜だったが、星が出ており、霜《しも》におおわれた生垣の裸の小枝がヘッドライトを浴びてきらきら輝いた。警部は助手席に座り、ニコチンのしみついた指のあいだから煙草の煙をたちのぼらせていた。「どうだい、チャーリー――何かわかったか？」

「いや、たいして」ほどけた白いリボンのような道路に目を向けたまま巡査部長が答えた。

「〝密室〟だよ。雪のうえに、説明のつかん痕跡といったものもないし」

「死亡時刻は？」と巡査部長が促した。

「そんなに前じゃないそうだ。若いフィッシュが銃声を聞いたという時刻とほぼ同じころ、と医者は計算している」

「フィッシャーですね」

「なんでフィッシュだと思いこんでるのかな、わたしは。うん――それで？」

「ええ、それで考えてみると、やっぱりいくつか疑問とされる問題が出てきますね」と巡査部長は言った。「軽業《かるわざ》めいた跳躍は無理ですよ、空中ブランコのような離れ業は。番小屋とほかのものはすべてあいだが離れすぎてますからね。そこで第一の問題は、何者かが番小屋にひそんでいたのではないか？　答え――われわれは屋根の上まで徹底的に家捜ししたが、明らかに誰もいなかった。わたしたちが探しまわったのは拳銃だけど、もしも人がいたら、見逃した気づかいはありませんよ。第二の問題――これは警部にはちょっとお気に召すと思うんですがね――帰りの自転車の跡があんなにふらついてるのはどういうわけか？　答え――あの若いのは、最初に現場に駆けつけたあげく公爵が死んでいるのを発見して、震えあがってしまった――ハンドルを握った手がゼリーのように震えていたろうし、青い顔をして取り乱しているのはクラムさえ気づきました。そこで第三の問題は、本当に彼は銃声を聞いたのか？――ほかには誰も聞かなかったのに。答え――たしかに、それについては本人の証言しかない。そこで第四の問題はこうです、派出所に電話してきたのは本当に公爵だったのか？　答えは、電話を受けたクラム巡査部長は頭が鈍いから、その点を質《ただ》そうなんて考えもしなかったろうということです。第五の問題として、巡査が自宅で銃声を聞いたとされているときに、ではなぜクラムはぶらぶらと城に向かったのか――城で銃声が上がったのならおそらく聞こえなかったはずなのに？　これも答えは同じで、クラムはなにしろ大馬鹿だから。第六の問題――デスクの上にたてかけてあった遺書は本当に公爵が書いたものか？　答え――おそらくイエス、ただし強制的に書かされた可能性もある。最後に――これぞ賞金六千万ドルのかかった最大の難問ってやつですよ――殺人者は拳銃を持ったまま、どうやって逃げたのか？　答えは――」

「あるいは、いくつかの答えは――」

「ああ、なるほど。誰が殺人者かによって、それぞれ違う解答があるわけですね」

「わたしが考えている第四のケースを除いてはね」

「四つですか？」巡査部長は言葉遊び《ワード・ゲーム》でもしているような調子で応じた。「わたしは三つしか思いつきません」

四つのケースについて、一つ、または一つ以上の動機を挙げながら、コックリル警部がざっと説明した。「この第四のケースはたったいま勘定に入れることに決めたんだがね。このケースでは、どんな動機だってありうる。死んだ公爵は大の嫌われ者だったからな」二人ともしばらく黙って今度の事件全体をじっと考えこみ、そのあいだも、小さな車は、めったに使われることもなく静寂を乱すものとてない細い脇道の、浅い雪の絨毯のうえをゆっくり進んでいった。やがて巡査部長が言いだした。「どうも妙ですね、最初の三つについてはどれもこれもみんな、動機は代理をつとめることにあるみたいだってのは——他人の身代りとでもいうか」

「そうとも言えまい。ほかの人間が利益を得ることは確かだがね。最初は、なるほどきみの言うように身代りとも思えるだろうが、あまりにも滅私的すぎて、とても信じられないよ」そして警部は、公爵夫人が、彼女は彼女で動機の一つも持たない候補者を考えているらしいことを忘れてはならないと、やや憂鬱そうにつけくわえた。「だから、これで五つだ」

巡査部長はさして感心したようでもなかった。「いや、それはどうもちょっと——公爵夫人がね！」

警部は車中ずっと特大の帽子を骨ばった膝の上にだいじにかかえていた。やがて車が自宅に着き、彼は帽子をひょいとかぶって、大儀そうに降りた。「そう——〝公爵夫人〟だよ、チャーリー。しかし、ホークスメアの公爵未亡人は、いいかね、すこぶる賢い人だ。それにわたしは彼女がちょっとおっかない。〝うちの者たち〟を護るためなら彼女は何事も躊躇《ちゅうちょ》しないだろう。彼女の本当の家族については言うに及ばずだ」ばたんと車のドアを閉め、それから彼は見苦しい古ぼけたレインコートのポケットをあちこち探って、鍵を見つけ出そうとした。「うん、ありがたい、こっちにちゃんとあるぞ！　いまわたしに必要なのは暖かい飲み物とベッドだよ。おやすみ、チャーリー。帰って、ぐっすり眠りたまえ。また明日という日があるさ」

明日という日。それはすべての人にある。ホークスメアの死んだ公爵を除いて。ニシンのように切り裂かれ、体内をあらわにして、だが少し前に食べたサンドイッチと頭の銃創以外は何ひとつ明らかにすることなく、彼は金属の冷凍箱に物言わぬ硬張った姿を横たえていた。

新しい日は、州の警察本部長来訪のおかげで、コックリル警部にはけっして嬉しい日ではなかった。怒りっぽい軍人あがりの本部長は、おひざもとで生じた〃密室の謎〃の奇怪さに目をまわし、さんざん息まいたあげく、慰めを求めて、消え失せた凶器に関する確かな事実に逃げこんだ。ええ、前の大戦のあとに残された、ごくありふれた型の拳銃です、とコックリル警部が説明した。敵対行為の終結にさいして、どれくらいの元将兵が何らかの理由で拳銃を返さなかったのかは到底わからない。専門家の説明によると、弾丸が骨を貫通した場合、弾丸から拳銃を特定するのは困難だそうである。(「たいそう助かりますな」と警部は皮肉に言った)

「亡くなった公爵はその手の拳銃を所有していたようかね?」

「お忘れですか、サー・ジョージ、前にあなたが、その件で彼に問い合わせる役目を引き受けたんじゃありませんか」

「ああ、うん、で、問い合わせたんだ。ちょっと立ち寄って、きいてみた。ただし慎重にだ、遠まわしに、そりゃもう慎重にな。彼はわたしが何の話をしとるのか、どうもよくわかっておらんようだった。しかし、その手の拳銃を持っとることを確かに否定はしなかった」

「たいそう助かるわい」と、再びコッキーは胸の中でつぶやいたが、口には出さなかった。

「そりゃきみ、お城のようなところに警察犬を連れて乗りこんで、探しまわることはできんよ」本部長はぷりぷりして言った。そのうえしかも、と彼はつけくわえた——しょっちゅう自殺を言いだす人間にかぎって、実際には自殺しないものだ。

「あ、そうですね」とコッキーが、間抜けもいいとこのフィッシャー巡査の口調を正確に真似て言った。そして、弾丸と死んだ公爵の拳銃を――実際、誰の拳銃をも――結びつけるには困難が予想されることを説明した。

「いずれにせよ、きみたちはその拳銃をなくしたわけだろう」苦虫をかみつぶしたような顔で本部長は指摘した。

「はあ、つまりそういうことです」と警部は、今度はむしろクラム巡査部長に近い調子で答えた。そうしたことは誰でもままあることですよと、その声は暗に語っていた。

夜明けとともに、消え失せた拳銃の捜索が再開された――村の人々は非常に熱心で協力を惜しまない。もっとも、とコッキーは平静に話を続けた――彼らはみんな公爵のことをよく思っていなかったし、彼らのほとんどが公爵に無理もない恨みを抱いていた。代々のホークスメア公の、〝うちの者たち〟を羽交いのもとに抱く仁政《じんせい》に慣れ親しんできた住民には、彼は意地の悪い男、彼らにとっては危険な人物に思えたのである。

警部が期待したとおり、本部長は顔色を変えた。「それじゃきみ、連中はみんな殺人者の味方じゃないか！　誰が拳銃を見つけて、どこかに隠しておらんともかぎらんぞ。手伝いの連中をただちに追い返せ、全員取り調べろ、家捜しだ、村の家は一軒残らず調べまくれ……」さらに危険を警告するべく、本部長はヘロンスフォード警察署の安楽な環境から憤然として出ていき、こうしてコックリル警部は心も軽く、こうした無法な命令が、自分ではなくて――一見そう見えるだろうが！――無謀な本部長から出されたことを公表できたのだった。けれども彼は上司の熱心さをだいぶ過大評価したのにちがいない。サー・ジョージとしては、お城に乗りこむことは夢にも考えていなかったろう。

城内の捜索は思ったよりも――警部を除く誰もがおそらく予想していたよりも、簡単に片づいた。「死んだ公爵のデスクの引出しの、書類の下にありました」と彼は公爵未亡人に説明した。「意外や意外！」と、辛辣につけくわえた。

「なにも意外なことではないでしょう？」公爵夫人は言った。「結局のところ、使われたのはこれじゃないかもしれないし。弾丸から拳銃をつきとめるのは難しそうだと聞いていますよ。たぶん彼は、これは持っていなかったのではないかしら。いつもいつも持ち歩いていたわけでもないでしょう」

「だったら、どうやって番小屋で拳銃自殺を遂げるつもりだったんですかね？　派出所に電話して、これからそうすると告げたんですよ」

「それじゃ、派出所に電話したのは誰かほかの人だったのでしょう。クラム巡査部長は当然、声を疑ってよかったのではありませんか？　それに、遺書がそこらじゅうにありましたからね。どれか使おうと思えば誰でも使えたでしょう」

「あなたをわたしの仕事にお迎えするべきですな」と警部はうやうやしく言った。

「実を申しますとね、コッキー」さほど本気で気兼ねしているのでもなさそうな調子で、公爵夫人は言った。「この事件にかぎっては、わたし本当にそうするべきだと思っているんですよ」

本部長に報告する義務があるとコックリルは考えた。もっとも、ことの次第をすっかり明かしてみせる義務があるとはさらさら思わなかった。「わたしが考えたとおり、むろん公爵夫人が自分で拳銃をそこにしまっておいたわけです」

「公爵夫人が?」

「前の公爵の未亡人です。今朝、彼女宛の手紙類と一緒に拳銃が小包みで送られてきたわけですな——いうまでもなく、あそこの郵便物の量たるやこのところ大変なものですよ。昨夜ホークスメアで投函されたものです——まあ、このところいろんな人間が村に出たりはいったり、ヘロンスフォードに出たりはいったり、ヨーヨーみたいにロンドンへ行ったり帰ったりしてますからね。弁護士とかいろんな連中が。公爵たる者が庶民のように死んではならない、自殺ってことにしといてやろうというわけですな。郵送料だけですよ、われわれに何か教えてくれる見込みがあるのは」とコッキーはヒントを与えた。「そうでしょう?」

本部長には明らかにさっぱり通じなかった。彼は息を切らして怒り、それからいきなり、ぜんぜん別のことを言いだした。「いったいぜんたい公爵夫人がなんでそんなことをするんだ?」

「家族を護るためではないでしょうか?」

「なんだって——家族だと! まさかきみはホークスメアの新公爵がこんな事件に絡んでいると思っとるんじゃあるまいな?」

「彼が得るものは大きかったんですよ。しかし、いや——彼は大柄で目方もありますからね、彼の子供たちと違って。蟻、と公爵未亡人は子供たちをそう呼んでます。〝ずいぶん色黒で小さい〃と」

「すると、若いルーパートかね？　きみはよもや――」

「彼の父親は第六代公爵の地位を引き継ぎました。ルーパートはいまや公爵家の跡継ぎです。しかも彼はあそこを深く愛し、領地の住民を愛している――州の半分は公爵家の領地です。彼は死んだ公爵の領民にたいする仕打ちを極度に不快がっていました。おまけに、死んだ公爵は、結婚して跡継ぎをもうける構えを見せていました。われわれとしてはやはり、若いルーパートを考えに入れないわけにはいきません――」

「なんたることだ、コックリル、わたしはとてもつきあいきれんよ！」

「――それと、娘がいます」コッキーは情け容赦もなく話を進めた。「彼女も事態全般に同じ気持ちを持っていました。そして、いうまでもなく、彼女の両親はいまや食うや食わずの名もない人間から公爵夫妻になったのです……」

サー・ジョージは自然発火が寸前に迫っているような顔をした。公爵家の令嬢が！　あるいは世継ぎが！　しかし、慰めが手近にあった。鬼の首を取ったように本部長は詰問した。「彼らのどっちかがどうやって家から出ていけたのか、そこをひとつ説明してくれんかね？　タイヤの跡も足跡もすべて説明がつくし、ほかには何の痕跡もない。それなら、どうやってあそこから出ていったんだ？」

ああ、そのことなら、それぞれ三つから四つの説明が考えられますよ、とコッキーはいとも無造作に答えた。むろんサー・ジョージもご自分でもう解き明かしておいでだと思いますが？　ここで警部は突如チャーリー・トーマスの姿を目にとらえ、大急ぎで巡査部長のところへ行く必要が生じた——失礼いたします、サー・ジョージ……警部はチャーリーに言った。「どうもあのご老体をからかってやりたくて我慢できないんだ」

「いつか泣きっつらをかきますよ、警部」巡査部長は笑って言った。それにしても、いったいお次は何が起こるんだろう？

「次に何が起こるかというと」予言者のようにコッキーが言った。「手紙が舞いこんで、新たなまったく思いもよらない容疑者と、新たなまったく思いもよらない番小屋からの脱出方法を教えてくれるのさ——一面の雪も自転車の跡も足跡も、全部ひっくるめて」

そして、まさしく手紙が届き、公爵夫人からじきじき彼らに渡されたのである。「今朝の配達で届きました。わたし宛で。消印ですか？——ああ、コッキー、あなたはこの郵便物の多さがわかっていらっしゃらないのね——公爵が死んだというので、仕事の手紙と、あとはお悔み状ばかり——お気の毒に、何と書いたものか、みなさん苦労しておいでだわ！　こんなふうなんですよ、〝おいとこがお亡くなりになりましたよしうかがいまして、心からお悔み申しあげます。お葬式はどのようになさいますの？　愛情をもって、モード叔母より〟子供たちは読みながらくすくす笑いどおしですわ、ほんとになんて失礼な！　でも、消印のことをいえば、あいにくわたしたちは手紙だけ取り出して、封筒は全部棄ててしまいますのでね。アメリカ式と違って封筒の裏に差出人の名前も書いてないし。あの方式には、わたしどうしてもなじめません。そんなわけで封筒は棄ててしまったし、それに、こうした安物の便箋に合う封筒はなかったようですから、どれがどれのかもうわからないと思いますよ」
タイプライターもまた、ホークスメアの内外の誰のものともつきとめがたいことがわかった。たぶんロンドンあたりで、展示見本を試すふりをして打ったのだろうとコッキーは考えた。古くさい手口。予想どおりの、無学な人間の文体。

〝親愛なる公爵夫人〟と手紙には書いてあった。〝わたしはもう遠くへ逃げのび、じきに外国へ渡るので、ほかの人に迷惑がかかるといけないから、ホークスメア公を殺したことをはくじょうします。彼はあなたのお身内でしたが、あんなひとでなしは死んであたりまえです。わたしは雪がふってくる前に行って、中に入れてもらい、自殺したほうがいいと言ったのですが、彼はいま死ぬ気はない、結婚するつもりだと言いました。彼は拳銃を持ってないようでしたが、わたしは用心に持ってってたし、遺書を書かせることはできなかったけど、書いたのが机のうえにほうりだしてあったのです。

もう雪がふりだしていて、わたしは彼に拳銃をつきつけ、派出所に電話させて、いまから自殺すると言わせてから、頭に拳銃をあてて撃ちました。ドアを開けたときはなんの音もしなかったけど、自転車のベルが聞こえたので、戻ってドアを閉めました。その人が帰っていくのが聞こえ、で、外に出ると、雪のうえに家の横のほうへ足跡がついていて、それを踏んでいったら窓があったから、窓をつたって屋根にあがり、新聞記者がたくさん来たときに姿を見せたら、警官が来て、おりろと言うんで、記者のふりをして、雪のうえの足跡を写真にとりたいだけだと言ったら、警官はすっかり信じました。もうひとつ話しておくと、警官が拳銃が屋根にないか見によじのぼってくるのが見えたんで、手すりごしにのぞくだろうけど、うんとうつむかなきゃ見つかるまいと思って、手すりの内側にへばりついていたら、やっぱり見つからなくて、拳銃はないと警官が大きな声で言いました。これだけです。あの公爵を憎んでいる人は彼が公爵になるずっと前からたくさんいました。わたしもその一人でした。もうさがす必要はありません〃

「いや、まいったね、これは」コッキーはつぶやいて、告白の手紙を巡査部長に渡した。「わたしが言ったとおりだろう?」それから番小屋に行き、巡査を呼びよせた。「さて、フィッシュ――」

「フィッシャーであります」いささか絶望的に巡査は言った。

「わかった、まあそれはいい。さて、きみは命じられて、この部屋の平屋根に拳銃が放り上げてないか調べた。なぜ横手の窓からのぼることにしたんだね?」

「ほかのとこからじゃ放り上げることはできません。玄関の石段の上にはポーチの屋根が張り出してるし、雪のうえにほかの足跡もなかったし」

「拳銃はすべり落ちて、屋根の手摺の真下で止まったのかもしれん。身をのりだして、手摺のすぐ内側を見ることを考えつかなかったのか?」

「拳銃はそんなことにはならなかったと思います。コックリルさん、警部」巡査はぽいと手で放る仕種をした。「こっち側にずり落ちるなんてことはありっこないし、どのみち雪が積もってたから、拳銃は落ちたところにたぶんそのままあったでしょう。だからもし屋根にあるとすれば、まんなかあたりにあるはずです。でも、ありませんでした」

「では、きみが覗いた手摺の真下に、もしも人が隠れていたとしたら——?」

「そりゃ見落としたかもしれませんね。そっちのほうは見てなかったから」そういえば確かに、屋根にのぼろうとした者が実際二、三人もいたが、みんなのぼる前にひきずりおろされた、と巡査は言いだした。「記者たちです。もし上のほうまでのぼった者がいるとしたら、拳銃があればそのとき見つかったはずです」

現に、数人の不届きな記者がすでに探し出されたが、いずれも屋根まではのぼらなかったと主張し、それは真実であるとする意見が多数を占めている。だがやはり、ハイ・アングルから撮った白一色の庭の写真が出ていないか、新聞を調べてみるにこしたことはない……。

警部はフィッシャー巡査に注意を戻した。「死んだ公爵は敵が多かったんだろう? きみにしても、彼を愛していたとは言えまい?」

巡査の落ちついた態度は消えさり、顔が青ざめ、指は緊張に硬張った。「よく見たこともないんです。なんといっても相手は公爵だし」

「二日前までは、だろう?」

「そして、そのときにはもう死んでました」

「そうだ、死んでいた。ショックだったろう、あの堅く閉まった窓から覗いたときは? そこでも一度きくが――なぜ、あの窓なんだ？」

「近いほうの窓からだと部屋の中がよく見えないんです。部屋のなか全部は見えません」

「そうだ、見えない。しかし、きみはどうしてそれを知っていたんだ？」

「だからその、うちのおじいちゃんとおばあちゃんはもとここに住んでて――」

「ここに住んでいた？」きらりと目を光らせて、コックリルはちらっと巡査部長のほうを見た。「ここに住んでいたのか？　それが公爵に追い出されたんだね？――そして、やむなくきみの残りの大家族のところへ転がりこんだんだな、みんなして小さな家で暮らしてるところへ？――気むずかしく、口やかましい年寄り夫婦――あんまり若い者がまわりに大勢いると、年寄りは誰しもそうなるものだよ、きみの両親はむかっ腹を立てて口答えするし、ただでさえ騒々しい兄弟姉妹はなおさら始末に負えなくなるしで、みんなが惨めな思いをしている。別の言葉で言えば――〝イワシの罐詰〟だ！」

「ただ、イワシの罐詰のほうがもっと平和ですよ、きっと」

自分がこの若いのをいつまでたってもフィッシュと思いこんでいるのも、あながち不思議なことでもない、と警部は心中つぶやいた。「きみのところの巡査の暮らしぶりなんかどうでもいいから」と、そう言ってクラム巡査部長の時を得ない説明をさえぎったものだったが、思えばそのときからずっと……。「さしあたりこんなとこでいいだろう、えー……フィッシャー」だが、チャーリーにはこう言った。「どうだい、巡査部長――結局は最も単純な説明があったじゃないか？　このへんにさほどなじみのないわれわれは、こんな動機があったとは夢想だにしなかったというだけのことじゃないのかね？　しかし、これでもう——」

　ほかに聞いた人もない銃声。自分の自転車で番小屋へ、さらに玄関へ。平穏にサンドイッチを食べ終えた公爵は、地元の警官の制服を着た人物を中に入れるように、手もなく説き落とされる。ちょっとした口実——警察では、公爵閣下が不法に所持なさっていると思われる拳銃の提出を求めておりますので。銃をつきつけ、派出所に電話をかけさせる——運がよければ、クラム巡査部長はゆっくりと城に向かい、それでまた時間が稼げるだろう。脅して遺書を書かせ、それから——ズドンとやって、終わりだ。

　終わった、ところが急に——こわくなったのだ。開けっぱなしの玄関のドアへと後ずさりする、惑乱《わくらん》のあまり死者の投げだされた手のそばに銃を置いておくのを忘れて、まだ手に握ったまま。立ちどまり、震えながら証拠の指紋を拭きとり、ああ、でもなんと恐ろしい！——ドアが雪まじりの突風に押されて閉まり、殺人者は拳銃を持ったまま外の石段に閉め出しをくわされる。どうか拳銃を室内に投げ込める程度には窓が開きますようにと祈りつつ、そちらにすっとんでいくが、窓は堅く閉まっている。しかもクラム巡査部長がいつやってくるかわからない。

　そこで、不安によろめきながら自転車で門へと戻り、やがて捜索がはじまると、熱心に参加する。なぜなら、犯罪の雄々しい摘発者のポケットに凶器の拳銃を探そうなどと誰が思いつくだろう？

　不安？　そう、むろん不安にはちがいない。しかし、だからどうだというのか？　誰からも嫌われ憎まれていた男が死んだ、おじいちゃんとおばあちゃんはまた住み心地のいいわが家へ戻れる、おやじとおふくろはほっとして夫婦仲もよくなり、弟や妹たちは上の世代のひっきりなしの小言から解放され、再び幸せがよみがえるのだ。それにまた、公爵夫人は快適な寡婦用住居に移れるし、新公爵は優しい寛大な人物、そして幼友達のルーパートは公爵家の跡継ぎとなり、初恋の人ベッカは富と幸福を得るうえに、遠い憧れの人として、いつもこのホークスメアにいるだろう。そして、もし事情を知ったら、周囲一帯の人々の誰もが、万人に幸せをもたらした恩人にどれほど感謝することか……。

しかし、まず先に——拳銃だ。いつも制服のポケットに入れて持ち歩くことはできないし、さしあたり出るに出られない村の、限られた狭い範囲のどこに隠せばいいのか？ そうだ、お城へ郵送しよう、公爵夫人へのメッセージを添えて。〝わたしたちみんなのために、どうかこれをあるべき場所にお戻しください〟公爵夫人は、領地の誰か、〝うちの者たち〟の誰かによってことがなされたことをきっと悟ってくれるだろう。公爵夫人は彼女の慈悲にすがろうとする者を窮地に立たせるようなことはけっしてするまい。それに、公爵夫人は彼女自身を護るすべも充分こころえている……。

「うん、うん……」と、詳しい話にときおり相槌を打ちながら、巡査部長はじっと考えこんでいた。いま彼は言った。「で、例の手紙は？」

「ああ！」これではじめて、コッキーもいささか自信がぐらついてしまった。「手紙か」

「なかなか興味深いしろものですよ。無学な人間の書いたものじゃないでしょう、ほんとは？ “brought”を“brughht”と書く人間は、こんな難しい単語に使われてる文字を知っている人物です。

ほんとに無学な者なら、"brort"とか何とか書きますよ。そして、この人物はタイプに慣れていない。"g"と"h"は打ち間違えやすいけど、この人物もしょっちゅう"tghe"とやってます。ところがフィッシャーはタイプがうまいし、だいたいこんな手を考え出せるほど利口なやつじゃありませんよ。そうなると、わたしたちの考えの行き着くとこは――」

「新しい跡継ぎだ」コッキーは浮かない顔で言った。「若いルーパートだよ」

「おじいちゃん夫婦をもと住んでた家に帰らせてやりたいって気持ちもわかるんですがね」とチャーリーは言った。「でも、ルーパートのおやじさんは公爵になるんですよ、一家は金持ちになり、それにたぶん何よりも重要なことは――"うちの者たち"が暴君から解放される――結婚して次々に小暴君を生み出そうとしている男から」

「ではどうやって、雪のうえに跡も残さずに抜け出したんだい? きみにしても、ルーパートが屋根の上の男だとは言えんだろう?」

「屋根の上の男はもともといなかった――そういうことでしょう、警部? どうせ抜駆けを狙ったどこかの記者ですよ。そして彼はどのみち引きずりおろされたんだし、何者だったにせよ、ともかくルーパートじゃなかった。でも、フィッシャー以外の誰かなら、番小屋から首尾よく抜け出した方法は、わたしたち二人ともうわかっているわけだし……」

ちょうどそこへ、パカパカと芝生を踏んでくる蹄《ひづめ》の音が聞こえ、つづいて明るい声が言いきかせた。「さ、ダーリン、いい子だから、ちゃんとしてるのよ!」それから、ドアをドンと一つ叩いて、二人の若い男女がはいってきた。「蟻たちだよ」とコッキーが巡査部長にささやき、そして、「ねえ、警部さん、まさかあなたはかわいそうなデイヴにハム伯父さん殺しの罪を着せるつもりじゃないでしょうね?」と、軽蔑した調子でレディ・レベッカが詰問した。

黒い柔らかな髪にみすぼらしい小さな乗馬帽をかぶって、彼女はたとえ蟻だとしてもたいそうきれいな蟻だった。兄も髪が黒く、背丈は妹とほとんど変わらず、非常にほっそりとして、同じくみすぼらしい服装をしていた。教会のネズミのように貧しいと公爵夫人は言ったが、思いもよらぬ爵位と莫大な富が転がりこんだにもかかわらず、なるほど確かに彼らの伯父は惜しみなく施す男ではなかったらしい。コックリル警部は穏やかにたずねた。「フィッシャー巡査のことを言っているのですか?」

「そうです、たったいまそこの小道で会ったけど、彼はただもう茫然としていましたよ」

「彼が公爵を殺したとすれば、それはごく自然なことでしょう?」

「公爵を殺したのが彼じゃないことは、ぼくじゃないのと同じくらい確かですよ」

「実は、ちょうどいまわたしたちはまさにその可能性を検討していたんですがね。あなたがだったのではないかと」

「あなたって、ぼくのことですか? なんとまあ馬鹿げた話だろう! あんなハムネット伯父みたいな性根の腐ったやつを、なんでぼくが殺してやりたいなんて思わなきゃならないんですか?」

「なぜかというと、ハムネット伯父さんはまさに性根の腐ったやつだったからですよ」

兄と妹はなんの屈託もなさそうに、はき古しの乗馬靴に包まれた脚を組んでテーブルに浅く腰かけていた。「まあ、大変」とレベッカが言った。「ルーパートが〝屋根の上の男〟だなんて、冗談にもおっしゃってはだめよ、警部さん。彼はデイジーおばさまの、公爵夫人の、大のお気に入りなんですもの」と、説明をつけくわえた。「それはだめだし、だったら、どうやってルーパートは雪のうえに大急ぎの足跡も残さずに番小屋から消え失せたとおっしゃるのかしら？」

「まあね……ひとつ考えられることがあります」コッキーはすらすらと言った。「つまり、その男は自転車を使ったのかもしれない」

「ああ、そりゃたいした考えだ！」ルーパートが言った。「ぼくは自転車なんか持ってませんよ」

「だが、親友のデイヴがいる――彼は自転車を持っています」

これで兄と妹はちょっと動揺したが、ルーパートの口調は平然たるものだった。「いや、教えてくれなくてけっこう、ぼくに当てさせてください。ぼくがデイヴの自転車を借りた、というんでしょう？」

「拳銃をつきつけてね」嘲《あざけ》るように、きれいなかわいい鼻をつんとさせて、レベッカがつけくわえた。

「あるいは、口車にのせて。彼はもちろんあなたの味方になるだろうし」

「どうやらあなたは、味方の信頼性ってものを堅く信じこんでるみたいですね」とルーパートが言った。

「そう、まあ――そういう良き友にたいしてはね。それに、これでひとまずすべて辻褄が合うじゃありませんか？」

「ぜんぜん合わないわ」レベッカが言った。「あの日の午後はあたしたちずっと一緒にいたんですもの、馬で出かけたんです」そう言っているあいだにも、この二人のアリバイの弱点に気づき、つけくわえて言った。「デイジーおばさまがあたしたちを窓から見ていたわ。おばさまもそうおっしゃるわよ」

「間違いなくそうおっしゃるでしょう」警部はそっけなく応じた。

レベッカがテーブルの端からすべり降りた。「じゃ、あたしたちもう帰ります、これでもう、デイヴがやったんじゃないしルーパートがやったんでもないって、よくわかっていただけたと思うから。だからどうぞ馬鹿なことはおやりにならないでね」

「大丈夫、やりませんよ、あなたはまことに納得のいく説明を与えてくれましたからね。ところで」とコッキーは思い出させた。「あなたご自身についてはまだ無防備ですな」

「あなたって、あたしのこと？」レベッカはさっき兄が言ったのと同じことを言った。

「あなたにもお兄さんとそっくり同じ動機がありえたんですよ。あなたたちのどちらかが――雪の降りだす前にここへ来た――」

「なぜ、どっちかなの？――なぜ二人一緒じゃないんですか？」

「なぜかというと、自転車では一人しか逃げられなかったからですよ――フィッシャー巡査がいようといまいと」巡査部長が何か口をはさもうとしたが、コックリルは制した。「あなたは雪の降りだす前にここへ来た、あなたたちの誰かがね。そして、伯父さんとのあいだで、領地の運営やおそらくは彼の予想される結婚などをめぐり、長い論争がはじまったのです。しかし、何を言っても無駄だった――あなたは怒りにわれを忘れ、そしてそばには、彼が気紛れを起こしたらいつでも使えるように、いつもどおり拳銃が置いてあった――そして、あなたはそれをつかんだ。すでに雪が降り積もっていました。しかし、あなたがパニック状態で玄関の石段に立ちすくんでいると、そこへ雄々しい救いの神デイヴが彼の頼もしい自転車にまたがって救出に現われるというわけです。あなたの場合は、レディ・レベッカ、拳銃で脅かすことも口車にのせる必要もありません。あなたを乗せて自転車は、余分の重みと全般的な危険性とに少しふらつきながら、ほどなく門にたどり着く。そしてあなたは逃げ、あなたの幼友達はあとに残る。少々おびえながら、しかし――いいですか、わたしはまだあなたたちの誰かの話をしているんですよ――自分は愛する人を救ったのだと、しだいに気づきながら」

「なかなかいい話ですね」とルーパートが優越者の断定的な口調で言ったが、それでもやはり顔色がやや青ざめていた。「でも絶対に、もっと誰かほかにいるでしょう、ベッカとぼくだけじゃなくて」

「いませんな、誰も。あなたたちの父上か――父上は大柄で目方もあるから、これも大柄なフィッシャーと一緒に自転車に乗るのは無理です――わたしも実験させてみたんだが、自転車がつぶれちまいましたよ。そのうえ、彼には、兄と妹が馬で出かけるのを公爵夫人が、あなたたちのデイジーおばさんが見たというのよりも、もうちょい説得力のあるアリバイがあります。近所の誰かか？――まあ、警察もまるっきりの阿呆ぞろいでもありませんからね、この事件に関して、あなたたちがどれだけその逆の見方をしていようと。そして、わたしたちはもう隈なく調べつくしました――その点については、なんの心配もありませんよ」

「じゃ、あなたは本気でぼくたちを事件の張本人に仕立てるつもりなんですか――ぼくたちのどちらかを？」

「あるいはフィッシャー巡査をね」とコッキーは静かに言った。

ルーパートがすべり降りて、妹のかたわらに立った。「それじゃぼくたちは帰ります、失礼してよければね。いつでも手錠を持って城へ来てください――ぼくのお客としてお迎えしますよ！　さ、行こう」と妹に言った。「帰って、〝いつでも役立つ急場の助け〟の足もとにこのネズミを置いて、彼女だったらコックリル警部に何と言うかきいてみようじゃないか」

蹄の音が遠ざかり、聞こえなくなるまで、警部は待った。それから、うーんと伸びをした。

「ともかく、チャーリー、少なくともわたしたちはこれで肩の荷が降りたな！」そして彼は、上司がへまをやらかしても、今後チャーリーはいさめの言葉をさしはさむのを控えることだろうと、笑ってつけくわえた。

「あのお話ですね、自転車では一人しか逃げられなかったという――フィッシャーがいようといまいと。自転車で番小屋へ来た者なら、もちろん誰だって帰りも自転車に乗っていけたんだし、それをいうなら、誰の自転車でもありえたわけですよ、なにもフィッシャーのじゃなくても。タイヤの跡は、わたしたちが調べたときはもう雪におおわれていましたしね」

「まあ、どっちにしてもそれは問題じゃないよ。足跡は巡査のものだ。彼は部屋を覗いたし、そのことはクラム巡査部長にも話した。タイヤの跡も彼だ、自分の自転車に乗って――まず間違いなく非常に小柄な人間を一緒に乗せて、門まで戻ったのだよ。これでわたしたちはあの貴重な二人を除いて、残りの全員をことの圏外に置いたということだ」警部は立ちあがり、むさくるしい古ぼけたレインコートを着ると、帽子を頭にのせ、上からポンと叩いたもので、帽子が目の上にかぶさった。「えいくそ、前はこんなに大きくなかったんだがな」そう言いながら、苛立たしそうに額へ押しあげた。「いまから城に行って、わたしもひとつ、貧しいネズミを公爵夫人の足もとに置いてみるよ。もっとも、彼女はあの若い連中の身内だが、伯母じゃないんだ」

「それは重要なことですか?」チャーリーが驚いてきいた。

「いや、ぜんぜん」と警部は答えて、レインコートと帽子もろとも警察の小さな車に体を押しこんだ。「またあとで会おう、チャーリー!」

「無事に会えるといいですがね」とチャーリーは、いささか疑わしげに言った。

ホークスメアの公爵夫人はだだっぴろいホールで警部を迎え、彼女のそばには彼の容疑者三人組がつきしたがっていた。「ああ、コッキー、よく来てくださったわね! さあさ、わたしのかわいい子たち」と若者たちへ——彼女のかわいい子たちに村の巡査も含めて、明らかに分け隔てのない愛情を示しながら、「向こうでコーヒーとお菓子でもおあがりなさい、騒ぐのはもうそれくらいにして」染みの浮きでた手で手摺につかまりながら、彼女は階段をのぼりはじめた。「のろくてごめんなさい、警部さん、今日はまた関節炎が特別ひどいんですよ……」居間の前に達したところで、どうぞと彼を中に通した。「さあ、楽になさって、でもその前にウオッカを少しくださいな、あなたもどうぞ好きなだけお注ぎになって。仕事中だとかなんとかいった馬鹿なことは言いっこなしですよ――これから二人ともそれが必要になるんですからね、ええ、もう確かに！」

少なくとも、こっちは確かに間違いなくそうなるにきまってる、と警部は思った。それからレインコートと帽子を椅子にかけ、心地よく燃えている暖炉を前に、彼女と二人で腰をおろした。

「で、どうなんですか、公爵夫人？」

「あら、コッキー！　いくらとぼけても、きっとあなたは子供たちのあとから来るにちがいないと思っていましたよ。やっぱりおいでになったから、これで落ち着いて、楽しくおしゃべりできるというものですわ」

身内の殺人事件のような大問題を楽しくおしゃべりできるのは、ホークスメアの公爵夫人ただ一人だ、と警部は思った。「わたしは用心深く行動しなければなりません」

「あら、わたしの前では別でしょう。だって、誰もみんなそうなんですよ。わたし自身がまるっきり用心しない人間だからです。そこで考えたのですけど」公爵夫人は権威と謙遜のまじった彼女独特の態度で言った。「あなたがあの子たちについて立てている仮説をざっと聞かせていただけないかしら？　というのも、わたしはあなたをお助けできると、ええ、本当にそう思っているのですよ」

警部はじっくりと思案した。これはまったくきわめて異例のことである、が、公爵夫人に劣らず彼とても、これまでと同様これからも、世の決まりごとに縛られるのはまっぴらだ。それにまた、いまもって正体不明の彼女自身の候補者についても、興味があったのだ。「本当にここだけの話にしてくださるのなら――」

「命にかけて誓いますわ」彼女は太った胸のうえで十字を切った。

「それでは……」多少は慎重に、仮定の話を多用しながら、若い世継ぎのルーパートと妹のレディ・レベッカにかけている容疑を彼は一つ一つ簡単に説明した。「それから、フィッシュについては――」

「フィッシャーね。人の名前を間違えると、とんでもないことになるものですよ。わたしもよくやるけれど、わたしの場合はこのとおりの年寄りですからね、別にどうってこともありません。それに、わたしは誰でもダーリンと呼んでしまうんですよ、なんだか女優の口癖みたいで、本当はいやなんですけどね。でも、少なくとも相手は気づきませんもの――わたしがそう呼ぶのは半分がた、誰なのかわかってないからだとはね！」

「公爵夫人、あなたはわたしをたぶらかそうとしていらっしゃる」コッキーは手厳しく言った。

「わたしが？　そうね、案外そうかもしれませんよ――自分ではそんなつもりはないんですけどね。でも、こんな恐ろしいことには、せめていくらかでも愉快さがなくてはね、そうでしょう？　で、そう、あの三人と、そこからさらに問題は屋根の上の男につながりますわ。あの手紙ですよ」

問題の手紙について、コックリル警部が詳しく長々と述べた。これに関してはたわけた話は願い下げだぞ、というのが彼の説明の暗黙のテーマだった。声に出して彼は言った。「あれが単なるおふざけだったことはわかっているんですよ」

「でも、たいそう有効なおふざけじゃありませんか、警部さん？　だって――正面きって否定することはちょっとできませんもの、少なくとも確信を持ってはね。有力な証拠はただの一つもありません。否定するにしろ肯定するにしろ。ありまして？」彼にじっと目をあてている公爵夫人の、からかうような表情は、彼女が開く予定の慈善市によかったらあなたもいらっしゃいと言っているかのようだった。彼はありがたく応じるだろう、そして、その一刻一刻を大いに楽しむだろう。「でも、まず先に、コッキー――もう一杯いかが？」

「もう、ひとたらしもいけません、公爵夫人、せっかくですが」

「まあ、あなたがやってくれなきゃ、わたしだって困るじゃありませんか。ウオッカがくるぶしにまわるまでは、そこらのものをよけて歩くことさえできないんですよ。ほんとうに疲れてしまいました」と語る公爵夫人は、どこからどう見ても満点の健康状態が許すかぎりにおいては、やつれて見えた。「それに、疲れると頭がさっぱり働かなくて、どうにもできないんですよ」

コックリル警部自身の観点からすれば、公爵夫人が元気づけのウオッカなしでいるほうがだんぜん望ましいようにも思えたが、彼女には結局かなわなかった。しぶしぶ二人の分をちょっぴり（「おお、コッキー、お願いだから！」）、そこでまた気前よくたっぷりと。「それで、コッキー、どうしましょう？　あなたもよくわかっているとおり、わたしの若い二人が人を殺したとはとても考えられないし、かわいそうなかわいいデイヴももちろん考えられません。だから、やっぱりあの手紙ですよ。あの手紙を書いたのは誰なの？」

「あの手紙は、公爵夫人、あなたがお書きになり、投函なさったんですよ、よんどころのない用事でロンドンに出かけた折りにね。あるいは、そもそも投函なんかしなかった。届いた手紙のなかにただ〝見つけた〟のです」

「まあ、なんてことをおっしゃるの！　でも、さすがに目が鋭いわ、あなた。ええ、そのとおりですよ。ああしておけば、どんな思いがけない事態もうまくさばけるだろうと思いましてね。あなたはあれで解決をつけられるし（もちろん、余計なことを言わなければの話ですよ）、犯人の痕跡ひとつ見あたらないのなら――そうでしょう、誰があなたに文句をつけられまして？」

「たとえば、うちの本部長はわたしに文句をつけられるし、おそらく声を大にして言いたてるでしょうな」

「ああ、あの威張屋のおじいさん！　あの人の言うことなんて、誰も一言も聞きませんよ、あの人のことはわたしに任せてちょうだい。あなたはスコットランド・ヤードや国際警察《インターポール》や何やをひっぱりこんで、手紙の書き手をつきとめようとしたり、それから、これは結局二十年から三十年前にさかのぼらなければならないけれど、ハムネットの古い敵を一人残らず探し出そうとしたり、ともかく狂ったように探しまわるの、そして最後には結局あきらめて、ほら、何といいましたかね、これで捜査を閉じるとか言えばいいんですよ」

「捜査を閉じる、とは言いませんよ」コッキーはあくまでも厳密だった。

「じゃ、ちょっぴり開けておけばいいでしょう、永久に未解決のままで。だって、あの手紙が述べていることは真実ですもの、ハムは公爵になるずっと前から大勢の人に憎まれていたのですよ。当の本人も自分がいやになっていたのです。しじゅう死にたいと言っていたし、それでいながら、そうするほどの勇気は持てなくて。そしていま、すばらしい〝屋根の上の男〟がハムに代わってそうしたんですからね、誰もかれもみんなが彼をそのために心から愛し、彼が捕えられることなど毛頭望みはしないでしょう」

「わたしを除いてはね」と警部は陰気に言った。

「それはでも、感謝の気持ちに欠けるというものですよ、わたしはあなたを助けようとして努力しているのに！」

「真相は誰にも永久にわからないなんて、そんなでっちあげのナンセンスにわたしが満足するとでも思っているんじゃないでしょうな？」

「でも、真相は誰かがちゃんと知っているんじゃないかしら、コッキー？　あなたには最初からお話ししておいたのですもの、そうでしょう？　わたしはお話ししましたよ」

「わたしに教えてくれるほどの親切さは持っていらっしゃいませんでしたな」

「まあ、コッキー、なんて意地の悪い皮肉なことを！　いいわ、では教えましょう。ただし」公爵夫人は二杯目のウオッカ・トニックのグラスを干しながら言った。「約束してくれれば、このことについては何もしないと約束してくれるなら」

「犯罪者を見逃せとおっしゃるんですか？」

「あら、いいえ。犯人はいないんですよ――屋根の上の男のほかには。ハムネットはやはりとうとう本気になって、自殺したのだと思います。お昼を食べたあと、鬱々と考えて――いつも食後は沈みがちでしたわ――拳銃を取ったのですよ。そして……」爪を丹念に手入れしてマニキュアを塗った、まるまるとした手で、彼女は警部のニコチンに染まった指に軽く触れた。「わたしを信じて！　あなたはきっとわたしに感謝しますよ、ええ、本当ですとも。あなたをぺてんにかけるようなことは絶対やりません――そして、これですべて解決ですよ」

あんたは年寄りで肥っちょで関節炎で、もう美しくもないけれど、しかしあんたはまったく……！　胸の中でつぶやき、そしてついに、「まあ、いいでしょう」と不本意そうに彼は言った。

「それで――？」

「それで――あの若者ですよ、コッキー！　あなたも最初から言ってらしたわ――ホークスメア公の無惨な死の現場に最初に駆けつけたと、それだけはね――まだ耳の後ろが乾いてもいない、大きな赤ん坊、新米の若い巡査だ、と。完全に度を失っていた、と――そうだったでしょう？　彼が話したことは真実だったのですよ、コッキー――彼は銃声を聞きつけ、自転車にとびのり、狂ったようにペダルを漕いで番小屋へ、そして雪のうえを玄関へと急ぎました。すると、玄関のドアが開いていました。ハムネットはいつも逃げ道を用意しておいたんですわ、そうでしょう？　くれるように、前もって電話をかけましてね。ドアは開いていたのですよ――窓もドアも閉めきった家の中で撃ったのだったら、どうして銃声が聞こえたでしょう？　彼が中を覗くと、まっさきに、ふためと見られない傷を負った公爵の頭と、死者の手から落ちてそばに転がっている拳銃が見えました。そこで――誰だってこういう場合どうするでしょうか？――パニックに襲われた彼は、無意識に、ただ反射的に、かがんで拳銃を拾いあげたのです」

「いやはや、なんと浅はかな！」

「ほんとにちょっと浅はかでしたね――警官に与えられる十戒の第一は、犯行現場では何ものにも手を触れるなかれなのに。たぶん彼は、すぐに拳銃を放り出したのでしょうけど、落ち着きを取り戻すにつれてもう一つの教えが頭に浮かんできました――指紋に気をつけろ！　で、ハンカチか何か取り出して、拳銃についた自分の指紋を拭きとりにかかったのですが、そこへ――おお、なんと恐ろしい！――突風が吹きよせ、ドアが閉まってしまったのです」

「それで彼は、まだ拳銃を持ったままドアの外に閉め出される。窓から投げ込めないものかと、横手の窓のほうへ走っていくが、窓は堅く閉まっている。そこで、拳銃をポケットに押しこみ、不安に震えながらよろよろと門のところへ戻り、そこへやがてクラムがやってきて――これがまたお世辞にも警官の鑑《かがみ》とはいえんやつで――合流する。ドアは閉まっており、彼は窓越しに死体を見ることしかできなかった……」

「ええ、お見事ですよ、コッキー――そして、彼はそこにいました、かわいそうに、まあ彼の気持ちを考えてもごらんなさい。ずっと拳銃を自分の制服のポケットに入れたまんま、夜までずっとそれを探しまわるふりをしていたのですからね。しかもいまでは、当分のあいだ仕事で村を離れられません――そして、みんなが拳銃を探しているときに、小さなホークスメアのどこにそんなものを長いこと隠しておけるでしょう？　では彼はどうするか？――それをわたしに郵送するのです。もちろん彼にしてもわたしが真相を察しているという確信はないわけですけど、このへんの人はみんな、わたしならうまくことをおさめてくれると考える癖がついているんですよ。これで全部です、本当に。わたしがあなたのために考えついた、すばらしい、便利な〝屋根の上の男〟は別としてね」

深い安楽椅子のなかで彼は麻痺したようになって、ほほえんでいる彼女の顔を見つめていた。

「フィッシャー巡査が――冷静さを失って、つい拳銃を手に取った……そういうことですか、本当にあなたはそう信じているんですか？」

「それが単純至極な真実ですもの、コッキー。単純というところがみそなんですよ」

「彼はそれを認めたんですか？」

「彼には何もきいておりません。最初からわかりきったことでしたもの」

法の力を総動員しても、それは最初からわかりきったことではなかった。「しかし、自ら殺人の容疑者になろうということは――？」

「彼には、最後に真相を語る機会がいつだってあるのですよ」

「なぜ最初から語っちゃいけなかったんです？」

「だって、コッキー」と公爵夫人は言った。「あなたはきっと彼を八つ裂きになさったわ！」

警部は文字どおりとびあがった。「ともかく、ひとつだけ確かなことがある――いまなら、あいつをそうしてやりますよ」

「ええ、でもね――ひとつだけ確かなことは、もしこの話が外に洩れたら、あなたは大馬鹿に見えるということではないかしら、コッキー？」

コックリル警部、〈ケントの恐怖〉――その彼が自分のホーム・グラウンドで大馬鹿よばわりされるとは。「言っときますがね、公爵夫人、あなたがいいというんなら――」

「いいえ、よくありません。あなたがお馬鹿さんに見えるなんて、考えただけでもいやですよ」そして彼女は歎願《たんがん》した。「どうかあの子を見逃してやって！　ずいぶんひどいめにあったのですもの、それはあなたもよくわかっているはずだし、彼もこんなことはもう二度とやりませんわ。ルーパートとベッカに不利なものは何もない、犯罪は行なわれなかった――これが実際にあったこと、そしてこれでもうおしまい。でも、屋根の上の男がいるわ――彼のおかげで、あなたには何もかも具合よく進んだし、おかげで何もかも完全に辻褄が合うじゃありませんか？　誰か過去から現れた男が邪悪な公爵に追いつき、そしてあなたには、過去から現れた男に追いつける見込みはまったくなかったのです。やがてこの騒ぎ全体が忘れ去られるでしょう、そしてコックリル警部は不思議なことにとうとう〝犯人探し〟に失敗するけれど、その他の点では、みんな大喜びですわ」それに、と暖炉に秘密を打ち明ける調子で公爵夫人は続けた――若い警官が冷静さを失ったというようなごく単純な事件の解決に失敗するよりも、とんでもない難事件の解決に失敗するほうがまだしも面目を失わずにすむと、誰しも当然そう考えるはずだし……。

「永久に誰にも知られてはならないことです」と警部は釘をさしたが、それは降伏の言葉でもあった。

「ええ、それはもちろん。わたしからデイヴ・フィッシャーに言っておきますわ、わたしの推理したことを話して、彼がお咎《とが》めなしですむように、そこらじゅうでわたしは大きな声では言えないゲームをやったのだと言っておきましょう。口をつぐんでいるようにと、わたしが困った立場に立たされるのだから、かりそめにも告白など考えないようにと、言いきかせておきますわ。たぶんこんなことだったんじゃないかとあなたがうすうす疑っていることも、ちょっと言っておいたほうがよさそうね、でも、あなたはあらゆる可能性を調査しなければならないのだ、と……」

「正しい可能性を除いて、ですね」コックリル警部の口調はややよそよそしかった。彼は椅子の背からよれよれのレインコートを取り、乱暴に帽子をかぶったものの、公爵夫人の前ではと、また大急ぎで脱いだ。「で、本当に——今度のことは誰にもおっしゃらないでしょうな?」

「もちろん、ただの一言も」と公爵夫人は誓いながら、心の中では、安心して打ち明けられる相手を早くも探していた。なんといっても今度のことはたいそう面白かったし！「でも、わたし、あなたに言いましたでしょう！」

「わたしに言った——?」

「ええ、この事件では、わたしは本当にあなたのお仕事をやるべきだと思っているって」と公爵夫人は言った。彼女も立ちあがった。「だから、警部さん——もう一度いかが? けっこう楽しめますよ、やりましょう、一緒に!」

コックリル警部はしばし考え、それから帽子とコートを椅子に戻して、答えた。「実を言いますとね、公爵夫人——わたしもそのつもりなんですよ」

アレバイ

深町眞理子訳

「なあ、サミ……ウェル、サミ……ウェルよ」コックリル警部はそう言いながら、おなじものをおかわりしようと、ふたつのグラスをカウンターごしに押しやった。「アレバイがなかったてェ、なんれらァ?」

捜査課のチャールズワース警部は、憐れみと腹だたしさとのまじった目で、じろりと相手を見やった。やれやれ、このおやじ、とうとうくだを巻きだしたぞ! それから、いままでずっとこの相手に説いて聞かせようとしてきたこと、それをうんざりしきったような、恩着せがましい調子(その調子は相手のコックリル警部にも、まんざら通じなかったわけではなかったが)でくりかえした。つまり、アリバイならたしかにあったのだと——それも、目下のところは、鉄壁としか思われぬアリバイが。にもかかわらず、殺《や》ったのはその男、パーキンズにまちがいないのだ——ほかには、問題の女を殺せる可能性のあったものなどいないのだから。「あんたにも読めるでしょうが、そのへんの事情は。村には最近住みついたばかり。開店した精肉店の商いは、すべりだし上々。教会の聖歌隊にも誘われて、先週のボーイスカウトのコンサートでは、大受けもしている。店舗の二階に、こぢんまりしたしゃれた住まい。細君は嫉妬ぶかく、おまけに人一倍の癇癪《かんしゃく》持ちときてる!——そんなところへ、むかしちょっとだけわけのあった問題の浮気女が、ふらりとあらわれて、男を恐喝しはじめた」

「それを男は認めてるのかね？」コッキーがたずねる。

「ああ、認めてますともさ。いたってあけすけにしゃべってくれましたよ。最初はその女、なにひとつ要求しなかったとか――はじめはただ、もうあたしを愛していないのかと訊き、いまからふたりの仲を修復するすべはないのか、そう問いつめてきただけだった。ところが、事件当日の午後にまたあらわれるや、一転して、きびしく迫ってきた。やむなく男は店のレジから五ポンド出して渡し、近所の家からは見えない裏口から、女を帰した。それから、急いでとってかえして、ラジオの前にすわった。その男、熱狂的なサッカーファンでしてね、ちょうど大事なゲームの後半が始まるところだった。時刻は三時半」

「で、かみさんもその話は、ある程度まで認めてる、そう言うんだな？」

「そう、認めてます。たまたまそのときはベッドで一休みしていたが、ちょうどその時刻ごろ、亭主が二階へあがってきて、ラジオのスイッチを入れるのが聞こえた、そう言ってる。さらに、居間の入り口のドアがひどくきしむので、その音をひとに聞かれずに、部屋に出入りするのは無理だ、そうも言っていて、この点もたしかにそのとおりなんです」

「といっても、むろん、そのとき家にいた亭主以外の唯一の人物、それがたまたま眠りこんでいたんでなければ、だろう？」と、コッキー。

「眠ってなんかいなかったし、そのあいだずっと本を読んでた、そう細君は言ってますよ」

「――でなきゃ、たまたまそれが、とことん亭主に惚れ抜いてるかみさんだったら？」

チャールズワースは、グラスのビールを一息で半分がたぐっとあおった。「まあね、もちろんわれわれだって、細君の証言にばかり頼ってるわけじゃない。要はこういうことです。問題の女が死体で発見されたのは、午後の四時半。場所は男の家から一マイルばかり離れた、とある寂しい脇道。死後三十分ばかり経過していたから、したがって、殺されたのは四時ということになる。ところで、その日のゲームでは、アーセナルは後半に四点をあげてるんですが、点がはいるたびに、パーキンズは居間の窓から半身をのりだして、通りの向かいに住む友達に合図を送っている――その友達、寝たきりの老人で、あいにくラジオも持っていないものでね。のみならず、試合終了と同時に、パーキンズはまっすぐその老人のところへ駆けつけて、ゲームの経過を仔細に話してやっている。それを書きとめたメモまで用意してるんです」

「それがゲーム後半の動きを逐一カバーしてるってか?」

「一分一秒漏らさずにね。それに、双方が口裏を合わせてるわけでもない。そのメモを実際に目にしたものが、ほかにも何人かいるんです。どうやらその老人とのあいだでは、いつもそうする取り決めになってたらしい。どっちもアーセナルの熱烈なサポーターだし、そうやってゲームの経過を詳しく教えてやれば、老人があくる朝の朝刊がくるまで、やきもきしながら待つ必要もなくなるってわけで。まあいってみれば、あのパーキンズという男、なかなか親切で、気のいい人物ってことですかね」

「親切で気のいい人物なら、肉を切る鉈《なた》で、ひとの頭をぶったたいたりはしないだろうさ、普通は」

「ごもっとも」チャールズワースは相槌を打った。「ただ、それでもなおかつ――凶器は彼の商売道具だった。肉屋なんですから。それにどっちにしろ、ほかに犯人と目《もく》せるような人物がいますかね？　問題の女に会ったことのあるものは、村人のなかにはひとりもいない。リヴァプールかどこか、ずっと遠くからきた女なんです」彼はビールを飲み干した。「さてと、そろそろ仕事にもどらないと。それにしてもこの事件、ちょっとした難問だとは思いませんか？　あんただったら、どう答えます？」

「おれならこう答えるさ――〝アレバイがなかったてェ、なんれらァ？〟って」コッキーは言った。「ただしおれの言うアリバイとは、嫉妬ぶかくて、おまけに人一倍の癇癪持ちだという、そのかみさんのほうの、だけどね」

ぶち猫

白須清美訳

登場人物

グレアム・フリア………四十過ぎの法廷弁護士。

ティナ・フリア………グレアムの妻。三十六歳と若く、非常に魅力的。おそらく色黒で、小柄。

レオナルド・バージ……四十歳よりは下。魅力的で知性があり、グレアムとは好対照。腎臓病を専門とする外科医で、最近、アメリカの奨学金で、腎炎研究に新たな分野を開いた。そのため、またたく間に地位と財産、評判が跳ね上がったところ。

ジュリー・クラウル……ティナと前夫との娘。必ず十八歳くらいであること。

バニー・バビット………ジュリーよりも年上で、彼女とは正反対の人物。ティナの前夫の姪。片手にホッケースティックの幻を、唇には〝名誉〟の言葉を持つ。おそらく言葉が少しつかえるか、その他の身体的障害を持っている。

フリッツ・ハート………中欧生まれの若い医師。国際人的《コスモポリタン》な生い立ちを持つ。

コックリル警部………小柄で枯れた、年配の私服警察官。

数名の警察官

場面
グレアムとティナ・フリア夫妻の家の居間。
――第一幕は、十一月の夜。
――第二幕は、夏の夜。
――第三幕は、その翌朝。

実際の場面はケント州である。特定する必要はないが、不可能な状況ではいけない――ケント州警察に所属していることが（少なくとも作者には）よく知られているコックリル警部が登場する必然性があること。ロンドン郊外の小さな町にすることには、さらなる利点がある。後で手がかりを調べるのが手っ取り早くなるのである。たとえば、そこには二、三軒の薬局しかないなどである。

部屋の調度は趣味がよいが、決して贅沢ではない――おそらく、地元の古道具屋の〝掘り出し物〟であろう。グレアムがほんのいっとき羽振りがよかった頃に買ったものも、一、二点ほど見られる。

玄関のドアは、訪れる人々が見えるように配置されている。ガラス製の大きな二枚の仕切りドアがあるが、実際には片方のドアしか使われない。本棚とソファがあり、ドアを入って右側に、椅子と大ぶりなテーブル。そこから常に飲み物が配られる。

家は老朽化しており、居間からは人々が動き回るのが聞こえる。これは居間で場面が展開しているときに、観客の注意をそらさないように手配されていなければならない。さもなければ、芝居が中断されてしまう恐れがあるからだ。

舞台から見えないところにキッチンがあり、登場人物がときおり出入りする。そして、居間の上には主寝室がある。

第一幕

場面　グレアムとティナの家の居間
時刻　夕方

幕が上がると、中央の大きなガラス扉の向こうの廊下を除いて、舞台は闇に閉ざされている。照明のスイッチが薄暗くともっている。ドアが不意に開く。グレアム・フリアがわずかにふらつきながら、居間の照明のスイッチを手探りする。廊下の薄明かりに、抱き合った二つの人影が浮かぶ。観客からは、二人が誰なのかわからない。また明かりに背を向けているグレアムからは、なおのことよく見えない。

グレアム　（やや酔っていながらも、礼儀正しく）おっと——失礼！

グレアムは部屋を出て、ドアを閉める。彼の重い足音が階段を上がっていく。二人はすぐに抱擁を解く。ささやく声は、はっきりとは聞き取れない。

男の声 行ってしまったよ――

女の声 早く――窓から……

男の声 きみは大丈夫……？

女の声 後で戻ってきて……

ここで重要なのは、観客が後で二人を見ても、闇の中にいた人物かどうかはっきりとわからないことである。すべては、ごく短い間に行われる。

男、フランス窓から出ていく。

女、廊下へ出ていく。

一瞬間があって、正面のドアが開き、もうひとつの照明のスイッチが入る。廊下が明るく照らされ、今ではガラス扉の向こうと、ティナが開けっぱなしにしておいた居間のドアの向こうも見渡せる。

ジュリー、バニー、フリッツが、かすかに聞き取れる程度のおしゃべりをしながら、廊下をやってくる。ジュリーは二階へ駆け上がり、フリッツはキッチンに向かう。バニーは外出用の帽子とコートのまま、居間に入ってくる。

バニー　ああ、本当にありがとう――

ジュリー　わたし、ちょっと上で着替えてくるわ――

フリッツ　ぼくはアイスクリームを置いてくる――

ジュリー　冷蔵庫に入れておいて。キッチンはあっちよ……

バニーは紙に包んだ花束を持っている。それをテーブルに置き、なぜか開いていたカーテンを直しにいく。

ティナ、入ってくる。

ティナ　（愛想よく）買ってきてくれた？　ああ――ありがとう！

バニー　薔薇は買えなかったわ――

ティナ、ぞんざいに束ねた菊の花を見て、たちまち機嫌を損ねる。

ティナ　(怒って)まあ、バニー!
バニー　――薔薇は五シリング六ペンスもするのよ。
ティナ　だからって、くたびれかけじゃないの。
バニー　実際、わたしのほうがくたびれてるわ。ハイ・ストリートまで行かされたんですもの……
ティナ　たった二十分で帰ってきたじゃない。
バニー　ジュリーとフリッツに会って、乗せてきてもらったのよ。ねえ、おばちゃん、彼って素敵よね。
ティナ　バニー――「おばちゃん」と呼ばないでって、何度いわせるの?
バニー　悪かったわ――ティナおばさん。つい忘れてしまって。ああ、それと、アイスクリームを買ってきたわ。
ティナ　どうしてまた?
バニー　アイス・スフレの出来を見てないの?
ティナ　ええ――まだだけど?
バニー　パンケーキみたいにぺちゃんこになって、チェリーがみんな下に沈んでるわ。
ティナ　何とかならなかったの?
バニー　花を買いにいってたんですもの。
ティナ　本当に、あなたには何をいいつけたらいいのかしら。日に日に役立たずになっていくんだから。
バニー　ジョージおじさんが生きていたときには、家政婦がいたのにね。
ティナ　（少ししおらしくなって）グレアムと結婚したばかりの頃には、二人いたわ。
バニー　かわいそうなおばちゃん。
ティナ　彼は、結婚してくれたら酒は一滴も飲まないと約束したわ。飲まない頃は、仕事も次から次へと入ってきたし……
バニー　それでもちろん、すぐに結婚したのよね。法廷弁護士の彼と……
ティナ　（笑って）わたしって、そんなに評判が悪い？
バニー　殺人の容疑者だったじゃないの。
ティナ　でも、訓戒だけで釈放になったわ！
バニー　（まじめに）ええ、もちろん、おばさんは無実だわ。誰でも知ってる。かわいそうなジョージおじさんを殺すわけがないわ。でも、グレアムはおばさんの弁護人だったのよ。こんな町だもの、何をいわれるかわかるでしょ。
ティナ　何をいわれたって構わないわ——彼はロンドンで働いているんだもの。ええ——気にしないわ。フリッツィーも一緒だったの？
バニー　一緒よ。それと、あの素敵な車も——鮮やかな黄色一色なの。
ティナ　彼は羽振りがいいものね。
バニー　そうよ。それに、親切じゃない……？

ティナ　彼はジュリーしか眼中にないわよ！

バニー　それに、おじさんが亡くなってからも訪ねてきてくれたわ。バージ先生と違って。

ティナ　どうしてバージ先生が来なくちゃならないの？　あの人はお医者さまよ――そして、患者は死んだわ。

バニー　フリッツだって医者よ。

ティナ　フリッツは半人前の医学生で、バージ先生の使い走りでしょう。

バニー　そう、今ではこの家には患者はいないわ、おばちゃん――ティナおばさん。でも、バージ先生は来るわよ。

ティナ　どういうこと？

バニー　正直いって……そう、つまり、気をつけたほうがいいわ、おばちゃん。バージ先生は、あなたに恋していると思う。

ジュリーとフリッツ、入ってくる。

ティナ　フリッツィー、ごきげんよう！　お久しぶりね！

フリッツ　ごきげんよう、マダム！　前より若返ったみたいですね。

ジュリー　（フランス式のお世辞を馬鹿にして）お尻が突き出てるってこと？

バニーはプッと吹き出すが、ティナは面白くない顔をする。母娘の間には、常に軋轢《あつれき》がある様子。バニーはあわてて話題を変える。

ティナ　冗談はやめて、ジュリー。
バニー　アイスクリームはしまってくれた――？
フリッツ　冷蔵庫の一番上にね。
ジュリー　刻んだパイナップルの缶詰もあるわ。
ティナ　ええ、そうね。この前レオナルドが来たときにも、アイスクリームとホット・パイナップルだったわね。
バニー　そうちょくちょく来なければいいのよ――
ティナ　バニー、いい加減にして！
ジュリー　だめよ、バニー――彼の証言が、ママの命を救ったんだから。
バニー　あの人はジョージおじさんの命を救うために来ていたのよ。そうしてくれれば――証言なんかしなくて済んだのに。
フリッツ　でも、バージ先生は――あの方は名医です。
バニー　わたしたちにとっては、そうじゃなかったわ。
ティナ　バニー、頼むから夕食の支度を始めて、人のことに口出しするのはやめてちょうだい。

バニー、女学生のように首をすくめ、すねたように出ていく。

ティナ　ああ――あの子ときたら！

フリッツ　彼女はバージ先生がお嫌いなんですか？

ティナ　焼きもちを焼いているだけよ。

ジュリー　ママのことが大好きなのよ――かわいそうなバニー！

フリッツ　ずっと手元に置いておくおつもりですか？　本当に親切なことだ！

ティナ　ええ、まあね――あの子は役に立とうとしているから。

ジュリー　しかも、給料は払わなくていいし。

ティナ　あの子を預かる身にもなってちょうだい……身も心も。

ジュリー　ああ、わかったわ、ママ。もうやめましょう。フリッツ、何か飲む？

ティナ　そうだわ、フリッツ――何て気がきかないんでしょう！

フリッツ　いいえ、やめておきます。ぼくたち、これからパーティに出かけるので。

ジュリー　義父《ちち》に会っていってよ。あの人はどこにいるの、ママ？

ティナ　（頭上の寝室を見上げて）二階で着替えをしているわ。この家ときたら！――何だって筒抜けなんだから。バニーの足音が聞こえる――パタ、パタ、パタって――もうすぐキッチンのドアが……ほらね！

ジュリーとフリッツ、自分たちの酒を注ぐ。

ジュリー　あら！――そのグラスはだめよ。これは義父《ちち》のお気に入りなの――ぶち猫がついているのは。

フリッツ　ああ――ごめん！　でも、ぶち猫といえば……？

ティナ　（笑いながら）ええ、そうなのよ！

ジュリー　そう変な顔をしなくていいのよ。ママは無罪放免だったんだから。

ティナ　無罪放免じゃないわ。陪審員の前で裁かれるような、いかなる罪にも問われなかったのよ。そっちのほうが、ずっと胸を張れることだわ。

フリッツ　でも、ぼくが証言したのは……あれは裁判じゃなかったんですか？

ジュリー　（記憶をたぐりながら）あなたが証言した？

フリッツ　だって、ぼくは一大ヒーローだったじゃないですか。「知りません」と二度いって、「覚えていません」と三度いいましたよ。あれは裁判じゃなかったんですか？

ティナ　違うわ。わたしはいわゆる〝万事休す〟の状態だったわけじゃないの。生まれてこのかた、裁判にかけられたことはないわ。裁判官の前でなく、下級判事の前で――わたしを裁判にかけられるだけのものがあるかどうかを判断するために、審理が行われただけ。そして、そんなものは出てこなかった。それだけよ。

フリッツ　でも、英国の法律では――もう裁かれることはないんですか？

ティナ　だって、わたしは裁判にかけられたわけじゃないのよ——裁判官と陪審員の前ではね。

ジュリー　バージ先生のおかげよ。今ではバニーは、先生を夕食に招くのは不道徳だと考えているみたいだけど。（バニーのまねをして）「まったく、ティナおばちゃんときたら……」

フリッツ　確かに——病院じゃ大騒ぎでしたよ！〈**レオナルド・バージ医師、証言台に立つ。美しき未亡人、殺人の罪に問われる……**〉

ジュリー　美しき娘のことにはひとことも触れていなかったわ。

フリッツ　才能あふれる外国人医師についてもね。「知りません」と二度いって、「覚えていません」と三度いった……

ジュリー　ぶち猫のせいで、わたしたちの評判は地に落ちたのよ。

ティナ　でも、ぶち猫のことなら、何もなかったわ。

フリッツ　当然、医師に多少の不注意があれば、あれこれ取りざたされるでしょう。

ティナ　不注意だったのはわたしのほうよ。

フリッツ　あれは——誤解だったんです。バージ先生は、もっと強い薬を与えなくてはならないといった。それをあなたは、もっと多くの薬を与えなければならないと考えた。普通の患者なら、何でもなかったでしょう。けれど、彼は心臓がとても弱かった。それで——一巻の終わりとなったわけです。

ジュリー　あのぶち猫は別にしてね。

フリッツ　しかし、なぜ——ぼくには理解できないのですが——コックリル警部ににらまれなければならなかったのですか？

ティナ　（苦々しげに）あら、知らなかったの？　夫は生前、わたしを告発したのよ。わたしがあの人を殺そうとしていると投書したの。

ジュリー　殺すかもしれないと書いただけでしょう。

ティナ　あら失礼——かもしれないと書いただけよ。

フリッツ　それは、メモを見つけたからですか？

ティナ　ほんの数語しか書かれていない紙切れよ。ぶち猫についての意味のないいたずら書き。わたしたち、いつもお互いにメモを残していたの——そうだったわよね、ジュリー？

ジュリー　ええ、そのメモには、父が手に負えなくなっているとあったわ。

ティナ　あの人はいつだって手に負えなかった——病気だったんだもの。でも、あの人はそれを、わたしに愛人がいると早合点した。わたしに——愛人ですって！　朝も夜も、あの人の看病をしていたっていうのに。

ジュリー　病気だったのよ。あれこれ勘ぐるのは仕方がないわ。

ティナ　あのコッキーに手紙を書いて、自分が死んだら検死に回してくれと書くだけの元気はあったわ。

フリッツ　それは——さぞご不快だったでしょうね。

ティナ　もちろんよ。そして彼は息を引き取り、検死が行われた——そして、バルビツール酸系の睡眠薬の過剰服用とわかった。

ジュリー　だったら、まんざら意味のないことじゃなかったのよね。
ティナ　わたしを殺人犯呼ばわりさせて？
フリッツ　でも——大事には至らなかったんでしょう。
ティナ　グレアムのおかげでね。知っての通り、グレアムはひと目でわたしに恋したのよ——
フリッツ　誰だってそうですよ。
ティナ　そして、その恋を実らせた！　わたしのために超人的に働いて、レオナルド・バージに連絡を取り、何があったのかを突き止めてくれた——そして、もちろんその後は、何もかもあっけなく終わったわ。
ジュリー　それでグレアムと結婚したのよ。バニーはこのことも、とうてい慎みのある行為とは考えていないみたいだけど。
フリッツ　そしてバージ先生はアメリカに渡り、成功をおさめた。
ティナ　そして、すべては忘れ去られ、幕を閉じたのよ。
フリッツ　（グラスを持ち上げて）ただひとつ、このカクテルグラスを除いては——ぶち猫の。
ジュリー　それはわたしの義理の父のよ。今では自分のお守りのように思っているの。それがママに引き合わせてくれたから。
ティナ　そのことにも、バニーにはひどくショックを受けたみたいね。
ジュリー　「まったく、ティナおばちゃん……」
フリッツ　「まったく、ティナおばちゃん」、パーティに遅れてしまうよ……

ジュリー　本当、もう行かなくちゃ。ああ――ちょうど下りてきたわ。
フリッツ　遅刻するよ、ジュリー。マダム――さようなら《メ・アデュー》……
ジュリー　わかったわ、外国語なんか話してないで、行きましょう。じゃあね、ママ。
ティナ　さよなら、フリッツ。楽しんでらっしゃい……

ジュリーとフリッツ、居間を出ていく。二人は廊下で、階段を下りてくるグレアムを見上げる。

ジュリー　あら、お義父《とう》さん。わたしたち、急いでるの……
フリッツ　こんばんは。
グレアム　（舞台袖から）誰だい？
ジュリー　フリッツ・ハートよ。フリッツを知ってるでしょう。
グレアム　ああ――そうだったかな？
ジュリー　待ってたのよ。お義父《とう》さんに会いたくて。
グレアム　さっき会ったじゃないか！
ジュリー　どういうこと――会ったって？
フリッツ　ジュリー！
ジュリー　わかった、わかったわよ。ごめんなさい、今行くわ……

ジュリーとフリッツ、玄関のドアから出ていく。

グレアム登場。疲れ、やつれているが、少し緊張しているようでもある。

グレアム　ここで抱き合っていたじゃないか。まったく無神経な！
ティナ　あら、あなた。
グレアム　——わたしのグラスは？
ティナ　そこよ、あなたの目の前。
グレアム　わたしのぶち猫のグラス——ああ、これだ。

グレアムはグラスを取り上げ、シェリーを注ぐ。少しこぼし、自分のハンカチで拭く。

ティナ　あの子たちがここにいた？　いつのこと？
グレアム　六時頃だ。仕事が片づいたので、早い列車で帰ってきたんだ。
ティナ　でも、六時には……いいえ、たぶん勘違いだわ。
グレアム　勘違い？　何のことだ？
ティナ　何でもないわ、気にしないで——つい口から出てしまったの。敗訴だったのね？

グレアム　ああ、敗訴だ。少なくとも、わたしはそう思う。後処理のために部下を残してきた。
ティナ　まあ、グレアム――なぜ残らなかったの？
グレアム　何のために？　やるべきことはやったんだ。彼らにとってはあいにくだったがね。
ティナ　もし、わたしがお金を払って弁護を頼んだとしたら――最後まで弁護士にやってほしいと思うわ。
グレアム　きみの場合は――最後までやったじゃないか。
ティナ　でも、グレアム――つまり、なぜそんなに急いでいたの？
グレアム　かわいい妻の顔が見たくて帰ってきたのさ。
ティナ　近くのパブに行こうとしていたんでしょう。
グレアム　パブは閉まっていた――あいにくとね。
ティナ　だったら、駅で飲んだのね。車を取りにいったときに。
グレアム　しこたま飲んだよ。楽勝のはずだったんだ、ティナ。実をいえば――焼きが回ったのさ。
ティナ　ええ。それは、また飲み出したからよ。
グレアム　酒のせいじゃない、ティナ。わかっているだろう。
ティナ　ねえ、またあの馬鹿げた話をするのはやめて、グレアム。ただの想像だって、わかっているはずよ。レオナルドがいったように……
グレアム　ああ――願わくは、彼が正しからんことを。

ティナ　ただの緊張と、過労よ——

グレアム　過労！　そいつはいい！　かわいそうなティナ——きみのために、いろいろと頑張ってきたのに……

グレアム、ティナに近づき、抱きしめる。最初は抵抗するティナ。

グレアム　……この世のすべてをきみに与えようと思った。ああ、ティナ——わたしが嫌いになったかい？　わたしが……

ティナ　グレアム！——嫌いになるはずないでしょう……

抱擁はさらに情熱的になる。ティナは最初は抵抗するが、ついには身体が抗《あらが》えなくなる。心を伴わなくても、常に肉体的な愛を交わすことのできる女性なのだ。

玄関の呼び鈴が鳴る。

ティナ　待って——グレアム！　レオナルドよ！

グレアム　いまいましいレオナルドめ！

玄関先でバニーの声がする。彼女は居間のドアを開け、レオナルドを通す。すねた女学生のような声で案内し、出ていく。

バニー　バージ先生よ。

ティナ　レオナルド！　いらっしゃい……

レオ　遅れたんじゃありませんか？

グレアム　きわどいところだったよ。妻がわたしに、飲酒の悪を説いていたところさ。

レオ　（冷ややかに）それで髪が乱れているというわけですね。

ティナ　やめて、グレアム！　まるで大きな学生なのよ、レオナルド。グレアム――レオナルドに飲み物を差し上げて。

グレアム、テーブルに近づき、三人分の飲み物を注ぐ。

レオ　何です――飲んでいるんですか、グレアム？

グレアム　ティナはそう思っているようだ。シェリーでいいかい？　それとも、ジンか何かにするかい？

レオ　あなたは何を？

グレアム　ドライ・シェリーだ。

レオ　ぼくもそれにします。
ティナ　わたしはただ、この人が一杯引っ掛けることが多すぎるから、よくないといっただけよ。
グレアム　わたしの仕事にもよくないというわけさ。ティオペペが空になったぞ。
ティナ　どこかにもう一本あるはずよ。バニーに訊いて。
レオ　それで、どうしてなんです？
グレアム　何のことだ？
レオ　一杯引っ掛けるというのは？
グレアム　好きだからさ。飲めば楽しくなる――きみにはわからないだろうな！――弁護士が三十分も遅れて、法廷に転がり込んでくるなんて……

　　バニー、戸口に姿を見せる。

グレアム　……ああ、バニー――どこかにシェリーはないか？
バニー　取ってくるわ。
グレアム　いやいや、どこにあるか教えてくれれば、わたしが行く。
バニー　いいのよ、ちっとも気にしないわ……

　　バニー、出ていく。

ティナ　行かせておきなさいよ。

グレアム　何だったっけ――？　ああ、そうだ。弁護士が昼食から帰ってきて、こういうんだ。「……法廷にお集まりの皆様に、つつしんでお詫び申し上げます。素敵なパブで、ちょっとばかり引っ掛けてきたもので……」

ティナ　（苛立って）ねえ、グレアム！

グレアム　わかったよ、ダーリン、そう怒るなよ！

バニー、新しいティオペペの瓶を手に戻ってくる。包装紙を取りながら、探るようにあたりを見回す。

グレアム　すまない、レオナルド、退屈させてしまったね。近況を聞かせてくれよ。

ティナ　新聞で見たわ――素晴らしいことね！「著名な科学者、アメリカの調査団を迎える……」

レオ　ぼくはただの医者ですよ。腎研究の分野で、少しばかり名が知られただけのことで……

バニー　コルク抜きがないわ。

ティナ　ジュリーが持ってたわ。さっきフリッツ・ハートが立ち寄ったのよ、レオナルド。

グレアム　彼はとっくに、どこかへ帰ったものと思っていたが？

レオ　いいえ、ぼくが病院を世話したんです。イギリスでは何が呼び物になるかわかりませんからね。

ティナ　呼び物のひとつは、パーティに出かけてしまったわ。

グレアム　帰ってきたとき、あいつらは抱き合っていた。

ティナ　(わざとらしいほど何気なさを装って) 今はそのことはいいじゃないの、グレアム。

バニー　そんなはずはないと思うわ。

ティナ　いいのよ、バニー。

バニー　だって、あなたが帰ってきたとき、ジュリーは抱き合ってなんかいないもの。

グレアム　抱き合う、キスする、いちゃつく、そんなのはどうでもいい。わたしが家に帰ってきたとき、あいつらは——ここで——抱き合っていた。それがどうした?

バニー　あなたが帰ってきた頃、二人はわたしと一緒にハイ・ストリートにいたわ……

グレアム　どういうことだ、バニー?

バニー　……だって、わたしたちが帰ってきたとき、ガレージにあなたの車があったもの。

ティナ　バニー——頼むから、夕食の支度に戻って。

グレアム　車があったって……?

バニー　そうよ、だから絶対に——

グレアム　そして、あの子たちはおまえと一緒にいた?

ティナ　バニー!

バニー　ええ、またいつもの想像でしょう。それだけのことよ。

ティナ　わかったわ、バニー、お願いだから行ってちょうだい。
バニー　この人があれこれ作り話をして、ジュリーを困らせることはないわ。
グレアム　（だしぬけに怒鳴る）もういい、バニー！

バニー、あわてて出ていく。

グレアム　（半ば自分にいい聞かせるように）わたしは家に入った。すると暗闇に、二人の人物がいたんだ。なのに、誰もいなかったというのか、ティナ！　誰もいなかったとすれば……
ティナ　ねえ、グレアム……
グレアム　あの子のいったことは正しいんだろう？　ここには誰もいなかった。また始まった。そうだろう、ティナ？　また始まったんだな？
レオ　何も始まってはいませんよ。（それとなく）相当飲まれているようですね、グレアム……
グレアム　違う、酒のせいじゃない。いや――気にしないでくれ。もうやめよう。さあ飲んでくれ。
レオ　そう興奮しないで、グレアム。少し疲れているんでしょう。神経の消耗で……
グレアム　神経の消耗だと！　頼むから――事実をありのままに見てくれ。そんな馬鹿げた名をつけないでくれ。わたしは気がふれてるんだ。それが真相だ。気がふれてる。おかしくなりかけてるんだ。

レオ　「おかしくなりかけて」などいませんよ。少し混乱しているだけで……
グレアム　ああ、頼むから、レオナルド！　わたしにはわかっている。「混乱」なんかじゃない――見えないものが見える。起こってもいないことを起こったと思い込む。自分がやったと思ったこととは、別のことをしている……一度や二度じゃない。何度となくだ――この三カ月間、何度となく……
レオ　時間的な事実をごちゃ混ぜにしているのでは……
グレアム　ここであの二人を見たのは――明日だっていうのか？
レオ　それと、パブで飲んだのも。
グレアム　パブは関係ない、レオナルド。
レオ　どんなものが見えるのですか？
グレアム　いったいだろう。最初は庭に女がいたんだ……いいや、その前にもあったが、最初に頭がおかしくなりかけていると思ったのは、そのときだ。
レオ　寝ぼけていたんですよ。夢を見ていたんです。
グレアム　ティナに赤い薔薇を買ったと思ったら、驚くなかれ！――黄色いカーネーションに変わったのも夢か？　この前の晩、きみに電話して、何やら話したのも夢だったのか？　それに……ああ！――最新のニュースを聞いていないだろう、レオナルド、実に愉快な話だ……
ティナ　ねえ、グレアム――その話をしなくちゃならないの？
グレアム　金曜、そう、先週の金曜のことだ。わたしは遅くまで仕事をしていた。仕事を終え、すべての書類をブリーフケースにしまい、上機嫌でベッドに入った。その翌朝……ああ、反吐が出そうだ……

ティナ　翌朝バニーが来てみたら、この人は――そう、書類をブリーフケースにしまっていなかったの。ビリビリに破いていたというわけ。それだけのことよ。

グレアム　それだけさ。ただし、ブリーフケースは椅子の上に乗っていた。ここに、この椅子にだ。そして、運転用の手袋には手の形に紙が詰め込まれていた――卑猥《ひわい》な写真がね――

ティナ　卑猥なんかじゃないわ。

グレアム　わたしにいわせれば、十分卑猥だ――胸と尻ばかりのピンナップ・ガールだ。紙切れに書かれた薄汚いジョーク、わたしの手がけたおかしな事件に関するメモ。男色家の聖職者にレイプ事件……そして――手が――あの手袋がブリーフケースからはみ出ていて、それが握っていたのは――握っていたのは……

ティナ　黒いレースのパンティだったのよ、レオナルド。それだけのこと。

グレアム　ショーツだろう、ティナ。ちゃんとした名前で呼びなさい。

レオ　（初めて耳にした事実に心底ショックを受け、動揺して）いや――その話は初めて聞きました。そうですね、グレアム――これは――ひょっとしたら意味のあることかもしれません。しかし、それほど深刻なことではないでしょう……

グレアム　きみにとっちゃそうだろう。だが、わたしにとってはそうじゃない。その「意味のあること」というのがセックスの不満だとすれば、妻とわたしは互いに十分な肉体的満足を与えていると請け合うね――違うかい、ティナ？

ティナ　グレアム、本当に……

グレアム　違うのか？　これは教区牧師の奥さんとのおしゃべりではなく、医者との会話なんだぞ。

ティナ　そうよ、でも――

バニー、入ってくる。

ティナ　――夕食ができたの、バニー？

バニー　それが、スープがちょっと変なの。みんなああいう黒い粒々ができるものなの？

ティナ　そうは思わないけど。（ほかの二人に向かって）話は後にしたほうがよさそうね。気の毒なレオナルド――夕食に来たと思ったら、こんなごたごたに巻き込まれて。その上、スープに黒い粒々だなんて！

グレアム　しかも、飲み物もないときた。

ティナ　自分でシェリーを注いで、お持ちになって――黒い粒々と一緒に飲むように。

グレアム　そう、いい考えだ。そうするといい。わたしもそうするよ。

ティナ　あなたも飲むの、グレアム？

グレアム　さあさあ、また〝飲酒の呪い〟の話はやめてくれよ。

肘掛け椅子に腰を下ろしたグレアム、椅子のそばの床に置いたはずのグラスを手探りする。

ティナ　わたしはただ——ジンの後にシェリーを飲むつもりなのといいたかったの。
グレアム　ジンなんか飲んでいない。
ティナ　飲んでたわ——ジンとデュボネを。
グレアム　飲んでない——飲んでいたのはシェリーだ。グラスはどこへ行った？
ティナ　わかったわ、今のは気にしないで。あなたはシェリーを飲んでいたのよね。
グレアム　どういう意味だ、ティナ？　いっただろう。わたしは——シェリーを——飲んでいたと。
レオ　（グレアムが気づくように、意味ありげな視線をティナと交わして）今はその話はよしましょう、グレアム。夕食にしましょう。
グレアム　わたしは——シェリーを——飲んでいたんだ！　夕方からずっとシェリーを飲んでいた。わたしは——
ティナ　もういいのよ、グレアム！
グレアム　グラスはどこだ？——わたしはシェリーを飲んでいた。そっちが勘違いしているんだ。シェリーだってことくらいわかる。あれはシェリーだった……

グレアム、グラスを見つけ、取り上げる。黒っぽい赤い液体が残っている――デュボネだ。彼はそれを見つめ、中身を暖炉にぶちまけると、グラスをマントルピースの上に乱暴に置く。そして、よろめきながら部屋を出ていく。

バニー、それを追う。

ティナ、ドアが閉まり、二人の影が廊下から消えるのを待つ。二人の足音が階段を上がっていく。それから静かに、勝ち誇った様子で、彼女は自分の椅子の後ろからそっくり同じグラスを出し、マントルピースのグラスの隣に、かすかな音を立てて置く。

ティナ　うまくいったわ！

レオ　ああ。今なら何だってうまくいくさ。彼は〝病気〟で、自分でもそう思い込んでいる。

ティナ　（明るく）ひと揃い買うはめになったの？

レオ　ああ。残りは家にある。黒猫、白猫、赤毛、トラ猫、縞《しま》猫――それに、ぶち猫。

ティナ　何てこと！　三十シリング。三十シリングもしたなんて！

レオ　まったくその通りさ。三十シリング。銀貨三十枚で……

ティナ　まあ、ダーリン！

レオ　……ひとりの男を磔《はりつけ》にした。

ティナ　そんな芝居がかったいい方はやめて！

レオ　それをやった男は、自ら首をくくった。ときどき、その気持ちがわかるような気がするよ。

ティナ　ここまで来て怖気《おじけ》づくなら――自ら首をくくるまでもないわ。法の手がそうしてくれるわよ。

レオ　別の方法を考えるべきだ。

ティナ　方法はこれしかないわ――前にもこの手を使ったのよ、ねえ。（レオナルドの返事はない）わかったわ。危険を冒したければ、もうやめましょう。せいぜい腎臓の研究でもするといいわ――わたしは愛するグレアムに、「十分な肉体的満足」を与えることにするから。

レオ　ああ、ティナ、それはどういう意味だ？

ティナ　結局――わたしの夫はあの人なのよ。

レオ　約束したじゃないか……でも、ぼくはきみのことを知っている、ティナ。きみのパンティの中身も――

ティナ　だったら、手を引くわけにはいかないわ、レオナルド？　（いい過ぎたのを恐れて）ねえ――わたしがうんざりしているのは知ってるわね――

レオ　ぼくが来たとき、彼はきみにべたべたと触っていた――

ティナ　あなただって、彼が来たとき、わたしにべたべた触ってたじゃないの！――ほんの少し前に。

レオ　――そして、きみはされるままになっていた。

ティナ　二人のためよ、ダーリン。わたしは彼に優しくして、彼の問題に理解を示さなくちゃならない。「ねえ、グレアム、本当にお酒が過ぎるんじゃないかしら！」ってね。
レオ　ぼくの考えでは、半分はきみのせいだと思うね。
ティナ　わたしのせい？
レオ　きみは男を一カ月で食いつくす。
ティナ　あなたを食いつくしてやるわ！　そのチャンスさえあれば！

ティナ、情熱的にキスをするが、レオナルドはそれを押しのける。

レオ　気をつけたほうがいい。もしまた彼が現れたら……
ティナ　来ないわよ――今回は。
レオ　怪しまないのかい？
ティナ　わかるでしょう――あの人、ジュリーとボーイフレンドだと思っていたのよ。だから、それを利用させてもらったの。もうひとつの〝妄想〟に。
レオ　危険すぎる。
ティナ　安全だと思っていたのよ。なのに、あの人は早い列車に乗ってきた。それに、バニーを追い払ったと思ったのに、あの子たちが車に乗せてきたの。いまいましいったらありゃしない。

外で物音がする。

レオ　彼女が戻ってきたようだ。

ティナ　いいえ、あの子ならわかるわ。ほら——聞いて！　あの人がベッドに横になり、あの子がそばで世話を焼いている。「温かいミルクを持ってくるわ。頭がズキズキするときには、温かいミルクを飲むに限るのよ……」本当に、腹の立つ子！

レオ　最初の計画が一番いい。危険はまったくないんだ。ティナ——こんな風に続けていけるとは思えない。

ティナ　それは——グレアムのこと？

レオ　彼の顔を見ずに済めば。

ティナ　でも——それがすべてなのよ。何もかもあきらめることになるわ。

レオ　ぼくはロンドンへ行く。そのほうが簡単だ……

ティナ　そしてわたしを、ここへ置いていくの？　この——家に！（彼女は身振りで、倦怠《けんたい》と、貧窮しつつある今の暮らしを示す。レオナルドの存在は、彼女にとっては実のところ、それを変えてくれるものでしかない）

レオ　ひとりの男を——冷酷にも——狂気に追いやるというのか。ぼくにはできないよ、ティナ。ぼくにはできない。

ティナ　（わざとらしく）あの人、またぶち猫の話をしたわ。

レオ　まさか？
ティナ　たった今よ。あなたが来る直前に。まるで、裁判が終わったあのときのよう。どこか――ほのめかすような。
レオ　何てことだ。
ティナ　逃げられはしないのよ、レオナルド。
レオ　ああ。そうとも。一緒にいようが、離れていようが……
ティナ　あの人が――正気でいるうちはね。ただ別れるだけで済むものなら……
レオ　ただ別れるなんてできない。なぜやったんだ、ティナ。なぜ彼と結婚した？　あいつを始末したのに……
ティナ　いったでしょ、怖かったのよ。あの人が真相に気づいていないはずがないと思ったの。
レオ　それと、ぶち猫に？
ティナ　レオという名前は、ヒョウ《レオパルド》に似てるわ。レオパルド、レオ―パルド。ぶち猫といったら、ヒョウ以外に何がある？　つまり、あのメモはあなたのことよ。
レオ　ほかの人たちにはわからない。
ティナ　でも、あの人は法廷弁護士で、刑事事件を扱っているわ。とても鋭くて、頭がいいのよ。
レオ　ぼくをレオと呼ぶのはきみだけだ。それに、いずれにせよ、最近ではバージ先生で通っている。
ティナ　そんなに冷静には考えられなかったわ。何もかもが恐ろしかった。あなたはわたしを残して、アメリカへ行ってしまうし……
レオ　行かなきゃならなかったんだ。
ティナ　そして、彼はわたしを愛していた。夢中だったと思うわ――でも、今もこう思うの、レオ――彼は自分で自分をごまかしている。心の底では、自分でもわかっていると。
レオ　わかってる！　何をわかっているというんだ？　ぶち猫の走り書きがぼくの名前に似ている、だから二人は恋人で、そのためにきみの夫を殺したと？　そう脅したのか――きみと結婚するために？
ティナ　それは、でも――
レオ　本当は、ティナ――きみは彼を必要としていたから結婚したんだ。あの頃のグレアムは、うなるほど金があったから。
ティナ　あの人は大酒飲みだったわ。
レオ　ああ、しかし、禁酒した――きみのためにね、ティナ。そして、しらふでいる限り、グレアムにできないことは何もない。ぼくは、あの哀れな田舎者のじいさんよりは、きみの夫にふさわしかった。けれどグレアムが登場したら、彼のほうがもっとよかったってわけだ。
ティナ　まるでわたしが、お金のために二股をかけていたみたいじゃないの。
レオ　きみは！――ほかのものには少しも興味がないじゃないか。きみは金がなくては生きられないんだ、ティナ。金がなくては死んだも同然だ。そしてあの頃、グレアムはぼくよりも金持ちに見えた。でも今は、ぼくのほうが景気がいい。

ティナ　そんなふうに思っているのなら――もう終わりにしましょう。
レオ　いいや、だめだ、ティナ――きみのいう通りだ。やめるわけにはいかない。
ティナ　あんなことがあってからも、あなたを愛し続けていられると思ったら――
レオ　ああ、愛は終わらせることができる。その程度のものさ。そして情熱については、グレアムと同じく、何も文句はいうまい。だが、それ以外のことでは――ぼくらは永遠に結ばれている。きみとぼくは。
ティナ　わたしたちを結びつけるものなんてないわ。
レオ　恐怖に結びつけられているのさ。
ティナ　わたしは違うわ。グレアムと一緒にいる限り――
レオ　いつまで一緒にいるつもりだ？　下り坂を転がり落ち、正気を失いかけている男と。仕事もなく、金もない……
ティナ　あなたに心配される筋合いはないわ。
レオ　大いにあるさ。きみに捨てられたとたん、グレアムの意識の中から、きみのいう醜い疑惑が湧いてくる。彼がほんの少しでも疑惑を抱けば、ぼくはこっぱみじんだ。
ティナ　（自分の言葉を引き合いに出して）わたしが心配する筋合いはないわ。
レオ　そうかな。
ティナ　ちっとも。なぜそうなるの？　わたしは哀れな未亡人――最初の夫が死に、殺人の容疑をかけられ、担当の医師の証言で潔白が証明された。彼女は別の男と結婚した。何が問題なの

――夫を殺したのが医師なら？　別の男と結婚しているのに――？

レオ　だが、その別の男のことを考えてみろ――いったん疑いを抱いて――そのまま結婚生活を続けるか？

ティナ　ああ、あの人！　あの人が正気をなくしつつあることは、みんなが知ってるわ。哀れな、血迷った人間は、奇妙な妄想を抱くものよ――最も近く、最も愛しい者に対して。

レオ　まったく、哀れな血迷った人間だ――きみが最も近く、最も愛しい者だとは。

ティナ　よくもいえたわね！

レオ　その上、何ということだ！――正気の頭で冷静に――きみを見たときから――ぼくはコブラに愛と信頼を捧げてしまった。

ティナ　あなたとはおしまいよ！　おしまいよ！

バニー、入ってくる。

ティナ　（苛立たしげに）ああ、バニー――そんなふうにいきなり入ってこないでって、いったでしょう。

バニー　あの人はずっとシェリーを飲んでいたといったわ。

ティナ　シェリー？

バニー　ハンカチを出してみせたの。しみがついてた。彼はシェリーだといったわ――確かにシエリーだった――匂いがしたもの！　彼はそれをこぼして、拭いたんだといったわ。

シェリーを飲み干していたレオナルド、わずかに残った中身をこっそりティナのスカートにかける。ティナは理解し、共謀するような視線でちらっと彼を見る。

バニー　（続けて）そのことは覚えてるって。それで、もう一度グラスを見てきてほしいというのよ。

レオナルドはグラスをマントルピースの花瓶の陰に隠し、別のグラスを彼女に差し出す。

レオ　これがそのグラスだ。だが、入っていたのはデュボネだ。
バニー　ええ！　本当だわ！
レオ　ティナ――そのスカート。
ティナ　スカート！　そうよ。わたし、シェリーをこぼしてしまって、あの人のハンカチを借りて拭いたんだわ。ええと――どこだったかしら――そう、ここよ。まだ濡れてる。
バニー　本当――そのことを忘れていたなんて変ね！
ティナ　あの人が気づいていたかどうかも怪しいものだわ。
バニー　きっとがっかりするわね。でも、確かにそうだものね――そのスカートのしみは。

ティナ　あの人のところへ行ったほうがいいかしら？
バニー　温かいミルクを持っていってあげようと思ってたの。温かいミルクを飲むに限るから――
レオ　ぼくは失礼したほうがいいかな、ティナ？
ティナ　いいえ、レオナルド、行かないで。ねえ、バニー、ミルクを温めてくれたら、わたしが持っていくわ……
バニー　あの人は混乱しているみたいよ。

バニー、出ていく。ティナ、レオナルドの腕の中に倒れ込む。

レオ　ダーリン――震えてるじゃないか！
ティナ　怖いの。
レオ　きみは素晴らしい。すぐに察してくれたね。
ティナ　何をしようとしていたのか、思いもつかなかったわ――わたしのスカートに、シェリーをかけるなんて！
レオ　けれど、きみはまばたきひとつしなかった。
ティナ　もう、レオったら！
レオ　いっただろう、ダーリン――終わりになんてできっこないと。ぼくたちはパートナーだ。同類なのさ。

ティナ　ヒョウとコブラってわけね。わたしをコブラと呼ぶなんて、気がきいてるわ！
レオ　どうやらぼくは、コブラが好きらしい。
ティナ　そしてわたしは、ヒョウが好きだわ――歯をむき出して怒る、危険なヒョウが。（彼を抱きしめて）わたしの飢えたヒョウ！
レオ　ああ、ティナ！　やめないか！　ティナ！
ティナ　また好きになった、レオ？　少しは惚れ直した？
レオ　めちゃめちゃにね――きみの目ときたら！
ティナ　冷静でも、正気でもなく？
レオ　めちゃめちゃにね、ティナ。ありがたいことに！
ティナ　ありがたいことに――正気を失ったってわけね！
レオ　考えちゃいけないんだ、ティナ。正気でいてはいけないのさ。考えさせないでくれと、神に祈るだけだ……

外で物音。

ティナ　ああ、ありがとう、バニー。ちょっと失礼してもいいかしら、レオナルド？　バニー、バージ先生にもう一杯差し上げて。

ティナ、出ていく。

レオ　いや、お酒は結構。そうあわてて出ていかなくてもいいよ、バニー――少し訊きたいことがあるんだ――

バニー　わたしに？

レオ　彼をどう思う――？

バニー　わかりきってるわ。だって、そうじゃなかったら……あの話を聞いた……？（と、ブリーフケースが見つかった椅子のほうを曖昧に示す）

レオ　普通じゃないね。

バニー　ええ、そうよ。最低の性癖だわ。

レオ　（からかうように）きみが見つけたんだって？

バニー　わたしが！――わたしは何の関係もないわ。まっぴらよ。つまり、かわいそうなグレアムを見ているなんて。

レオ　最初は庭で女を見たんだってね？

バニー　ぞっとするわ。目が覚めたら、彼がティナを呼んでいたの。ティナは水を飲みに階下《した》に行っていた。彼の話では、庭に黒ずくめの、黒いヴェールをかぶった女がいるというの。ティナおばさんがすぐに庭を見にいったけど、誰もいなかったって。

レオ　もちろん、彼は寝ぼけていたと思ったんだろう？

バニー　ええ。ほかのことが始まる前はね。物忘れに妄想、置いてあった本を取り上げて、さっき置いた本と違うといったり……最初はよく「どうやら頭がおかしくなりかけているようだ」といってたわ。でも、しばらくすると何もいわなくなった。たぶん、それが本当になるのが怖かったのね。

レオ　（気まずそうに）ああ。かわいそうなグレアム。

バニー　それをいうなら、かわいそうなティナよ。

レオ　肝心なのは――それをどうするかだ。

バニー　あなたはお医者さまでしょ。

レオ　だが、精神科医じゃない。ブラウンロウ先生なら……

バニー　あの人！　同じくらいおかしい人だわ。知ってる、あの人、編み物をするのよ！　男のくせに――編み物だなんて！

レオ　彼は精神分析医だ。

バニー　フリッツィーだって精神分析医よ。

レオ　いいや、彼は脳外科医だよ。

バニー　まあ――切ったりするのは嫌ね。

レオ　そう――きみがそういうとは奇遇だな。まったく〝切る〟ことのない手術があるんだ。フリッツはイギリスで唯一、それを知りつくしている男だ。

バニー　切らなくていいの？

レオ　ある装置があってね——レントゲン装置のようなものさ。オーストリア人が使っている——クルツのメンドルハム教授だ。
バニー　フリッツは、その病院で働いているわ。
レオ　その先生だよ。
バニー　どんなものなの？
レオ　ああ、よく知らないんだ——手術のことは。光線を使うんだ。きわめて高周波の光線を。この装置を前頭骨——ここだ——に当てると、その光線が肉や骨を傷つけることなく、骨の裏の組織を破壊する。
バニー　まあ——不思議ね。それで、良くなるの？
レオ　そう思う——グレアムのような患者はね。おとなしくさせ、扱いやすくするんだ。
バニー　グレアムは十分おとなしいわ。
レオ　今のところはね。
バニー　どういうこと……？
レオ　誰にわかる？　これは始まりにすぎないんだ。
バニー　ティナおばさんに何かあるというの……？
レオ　ジュリーにもね。それに、きみにも？
バニー　ああ、わたしたちなら大丈夫よ。ジュリーはもうすぐ結婚するの。あの子は魅力があるし、何でも持ってるわ。それに、わたしは仕事を見つけられると思う。でも、かわいそうなおばちゃんは……

レオ　フリッツに話してみよう。よくいってくれたね、バニー。ぼくには思いも寄らなかった……

ティナ、入ってくる。

ティナ　ミルクは飲まないで、夕食に下りてくるそうよ。とてもわたしの手には負えないわ……

これで決まりだというように、バニーはレオに目配せする。

ティナ　（続けて）バニー、階上《うえ》へ行って、あの人がいうことを聞くかどうか試してみてちょうだい。

バニー　いいわ。でも、ひょっとして……？

レオ　大丈夫、心配することはない。彼は安全そのものだ――今のところは――それは請け合うよ……

ティナ　ブランデーの瓶を抱えているの。それを取り上げて。どうしても下りてくるというなら、食事にしましょう……

バニー、出ていく。

ティナ　どうなったの？

レオ　彼が暴力をふるうに違いないと、たちまち思い込んだよ！

ティナ　ますます上出来ね。フリッツのことは？

レオ　自分からいい出した。それで、うまいこと教授殿の話に持っていけたよ。けれど、ぼくはまだ、グレアムがロンドンの医者にこだわるんじゃないかと思っているんだ。

ティナ　まだ、ためらっているのね。

レオ　言葉通りの意味さ。

ティナ　すべて内密にするための道筋はつけられるわ。あの人はロンドンで働いている。精神科にかかっているという噂が立てば、誰も彼に仕事を依頼しなくなるでしょう。

レオ　ああ――そうだな。

ティナ　それで――メンドルハムというのは？

レオ　いいかい――彼は偽医者だ。超音波を使った手術を考案した。だから、何も怖がることはない。この手術で、陽気な亡霊たちはたちまちおとなしくなるだろう。狂人には何の役にも立たないが、その友人や家族の気持ちを楽にしてくれる。そして、金を払ってくれるのは彼らなんだ。

ティナ　それで、フリッツがもし、グレアムは狂人だといったら――？

レオ　そこが肝心なところさ。メンドルハムは偽医者だ。何も訊かずやってくれるさ。だが、フリッツがやるだろうか？

ティナ　フリッツは、あなたのいうことなら何でも信じるわ。「バージ先生は名医です！」——今日もそういっていたもの。それにもちろん、わたしが信じさせてみせる——グレアムが聞いたこともない話をでっち上げるのは、いうまでもないわね。それにバニーも、あの人がおかしくなりかけているのを、すっかり信じ込みそうよ……

レオ　ジュリーは？

ティナ　ジュリーは追い払うわ——外国かどこかへ。

レオ　それから……？　すべてが終わったら……？

ティナ　（じれったそうに）もう、レオ！　グレアムは能無しになり、おとなしくなるわ。こうしろといえばその通りにするし——ここへ行けといえば行くでしょう。わたしたち、ロンドンへ引っ越すわ。あなたはすでにそこにいるし、ロンドンなら、誰の噂にもならない。誰もわたしたちを知らない——わたしは徐々に彼を遠ざけ、置き去りにして、たぶん、離婚する……

レオ　それだけじゃないはずだ、ティナ。本当に問題なのは、グレアムの言葉だ。ジョージが死ぬ前、ぼくたちが恋人同士だったことを、ちょっとでも匂わされたら——

ティナ　でも、彼は正気でなくなるといったじゃないの、レオ。彼のいうことを、誰が聞くと思う？——わたしたちを知っている人たちが住む、この土地を離れたら……

レオ　ああ——うまくいくことを願ってるよ。

ティナ　うまくいくわ。ほかに手がないもの。

レオ　ああ。その通りだ。ほかに手はない。ぼくたちはすでにひとり殺している。今度は、ティナ、きみの愚かさで——それとも恐怖で、欲望で——別の男を厄介払いしようとしている。だが、彼も殺すわけにはいかない。オスカー・ワイルドもいっている——二人の夫を亡くすのは、あまりに軽率だと。
ティナ　どっちにしたって殺せないわ。ジョージは——そう、彼は死にかけていたわ、レオ。わたしたちは、それを早めただけ。
レオ　ぼくたちは彼を殺したんだ。
ティナ　わかってる。だから、グレアムを殺すわけにはいかないんでしょう。でも正気のまま生かしていたら、グレアムはわたしたちにとって危険だわ。彼は生かしておく。でも、彼が正気である以上——このチャンスを逃す手はないわ。つまり、願ってもない幸運というわけよ——フリッツが帰ってきたこと、メンドルハム先生のこと、すべてが……
レオ　ああ、素晴らしい幸運だ。グレアム以外の全員にとって。
ティナ　（皮肉を無視して）わたしたちの狙い通りよ、レオ。庭の女！——彼に呼びかけられたときにはぞっとしたけど、それがすべてのアイデアの始まりだった……
レオ　とんでもなく危険だった——一緒にいた三分間は。
ティナ　ああ——でも、何という三分間だったでしょう！
レオ　どうかしてる！
ティナ　それはグレアムよ！　あれほどやすやすと引っかかるなんて——妄想で女を見たって。

もちろん、ベッドに入ったときには半分酔っていたけど。

レオ　ぼくたちは恐ろしい人間だ、ティナ。こうして――こんな話を――しているなんて。

ティナ　わたしたちはただの人間よ。

レオ　いいや、そうじゃない。ほかの人間とは違う。普通の人間にはない何かを持っている。それがぼくたちを結びつけているんだ。

ティナ　(苛立たしげに)何かって?

レオ　奇妙なことだが――何かを持っているというよりも、何かを欠いているのだろう。東洋の宗教が慈悲と呼ぶものに欠けているんだ。

ティナ　わたしにはその意味すらわからないわ。

レオ　そうだろう、ティナ。きみにはわからない。それは――別の生き物に対して抱く感情だ。いいかい、ぼくたちは決して冷酷じゃない。動物も好きだし……

ティナ　わたしは嫌い。あんな臭いもの、大嫌いよ。

レオ　けれど、それが傷つけられたり、無視されたりするのを見るのは嫌だろう。苦痛を目の当たりにするのは嫌いなはずだ。ぼくもそうだ。ぼくたちはサディストじゃない。しかし、それを目にすることがなければ――何も感じることはない。慈悲の心がないんだ。

ティナ　見てもいないことに、どんな感情を抱けというの?　できっこないわ。見せかけだけよ。

レオ　ほかの人たちは違うんだ。

ティナ　同じよ。ふりをしてるだけ。わたしたちは、ふりをしないだけなのよ。

レオ　自分に対してはね。
ティナ　あるいは、お互いに対して。
レオ　たいして役に立たないことだがね。けれど――それがぼくたちを際立たせているんだ、ティナ。面白いと思わないか？　ぼくたち二人して、あらゆる人間から切り離されている――この、たったひとつの属性に欠けていることで。
ティナ　ちっとも面白くないわ。不愉快よ。解剖なんてお断り。
レオ　きみは哀れなグレアムを解剖したじゃないか。
ティナ　グレアムはわたしたちにとって危険なのよ。わたしたち二人を、絞首台に送りかねないわ。あの悪魔のようなコックリル警部が――
レオ　彼が証拠をつかんでいるかどうか、怪しいものだ。
ティナ　彼――あなたを調べてるわ。わたしたちの関係を匂わすものが何もないからよ……
レオ　ああ。もしグレアムが気づいたら……
ティナ　そして、正気のうちは、いつ気づいてもおかしくないわ。これがたったひとつのチャンスなのよ。レオ！　あの人が下りてくるわ。

重々しい足音が、せわしなく階段を下りてくる。

レオ　早く――そこに座るんだ。

ティナ　あなたが話して。
レオ　まだだめだ。
ティナ　いいのよ、レオ。始めて。
レオ　何を――メンドルハムのことを？
ティナ　いいえ、メンドルハムじゃないわ。治療のことを暗にほのめかすのよ。手術のことに触れちゃだめ……当分の間はね。

グレアム、ひどく震えながら入ってくる。

グレアム　ティナ――いったい何のことだ――手術って？
ティナ　グレアム、どうかしたの？
グレアム　――教授だとか、殺人光線だとかいう話は……？
ティナ　また飲んでいたのね。
グレアム　ブランデーを飲んだ。ティナ、バニーに聞いたが――

グレアム、言葉を切り、はっと立ち尽くす。目はマントルピースの上の二つのグラスを見ている。

グレアム　（続けて）何てことだ――
ティナ　（恐怖に駆られ、鋭い声で）レオ！
グレアム　グラスが二つ。ぶち猫のグラスが二つ。だましたな！

彼はさっと振り向いてティナを見る。そのすきに、レオがマントルピースからグラスをかすめ取る。

グレアム　（続けて）何てことだ、ティナ。だましたな！
ティナ　酔ってるのよ、グレアム、手を離して。何のこと――グラスが二つって？
グレアム　そこに二つ――
レオ　ここにはひとつしかありません。
グレアム　（ティナに）どこかへ隠したな！
レオ　彼女は近づきもしませんでしたよ。

ティナは空の両手を上げてみせる。まるで恐ろしい子供のゲームのように、グレアムが二人の間に突進してくる間、ティナは器用にレオからグラスを受け取る。

グレアム　（レオナルドに）じゃあ、きみか――

ティナ　レオナルドは関係ないわ、グレアム。なぜ彼が、あなたにそんなことをしなければならないの？

グレアム　このグラスにはシェリーが入ってた。

ティナ　そんなはずないわ。あなたはデュボネを飲んでいたのよ。

グレアム　シェリーだった。レオナルド――いいや、手出しするな、ティナ――レオナルド、それはシェリーか、それともデュボネか？

レオ、グラスを取り、匂いを嗅ぐ。

レオ　いいですか、グレアム――あなたは病気なんです……

レオ、ティナにグラスを渡し、彼女がそれを嗅いでいる間に、彼女が手にしていたグラスと交換する。

グレアム　シェリーか、デュボネか？

レオ　グラスに何が入っていたかが、どうしてそんなに重要なんですか？

グレアム　妻がわたしをだまそうとしているんだ。わたしはシェリーを飲んだといった。あのグラスにはシェリーが入っているはずだ――グラスは二つあった。

ティナ　ねえ、グレアム、いい加減にして！　どうしてわたしが、あなたをだまさなければならないの？——いったい、それに何の意味があるの……？
グレアム　（弱々しく）わからない。わたしにはわからない……
ティナ　よく考えてみて。冷静になって……
グレアム　ああ。なぜなんだ？　だが——あそこに二つのグラスがあった。二つのグラスを見たんだ……

彼ははっと思いつき、ドアに駆け寄って開け、呼びかける。

グレアム　バニー！

すぐに返事はない。グレアムは廊下に出て、バニーを探しに足音高く階段を上がっていく。ティナはそのすきに本棚に近づき、二冊の大型本を引き抜いて、その後ろにグラスを隠す。観客は後で、そのことを思い出すことになる。

レオ　グレアム、放っておきなさい……
グレアム　（廊下で）バニー！
バニー　（階上から）何？

グレアム　バニー――階下《した》へ来てくれ！

グレアム、ふたたび部屋に入ってくる。バニーが後からついてくる。

バニー　ああ――今度は何？　（ティナに）ブランデーを飲まないようにいったんだけど。
グレアム　バニー――今、この部屋に入ってきたとき……
ティナ　（彼のいいたいことを察して）そうよ、バニー！　そうよ、グレアム！　バニー――今、この部屋に入ってきたとき、このマントルピースの上には――グラスはひとつ、それとも二つ？
バニー　ひとつ、それとも……？
グレアム　マントルピースの上にグラスがひとつ見えたのか、二つ見えたのか？
バニー　ええと――ひとつだけど。
ティナ　当然よ。
グレアム　おまえには、ひとつしか見えなかった？
バニー　ええ――そうよ。
ティナ　もちろん、ひとつしか見えないはずだわ。それとバニー、あのグラスには……
グレアム　いいから、ティナ。わたしが質問する。あのグラスに入ってるのは、バニー――シェリーか？　それともデュボネか？

バニーは困り果て、どっちつかずの態度で立っている。

グレアム　わかった。そう固くならなくていい——おまえのせいじゃないんだ。それで、ティナ——バニーに聞いたが、その手術というのは……

幕

第二幕

夏の夜。

ティナとグレアムは『タイムズ』紙のクロスワードパズルを解いている。グレアムは気弱で、鈍そうに見えるが、その下には子供っぽい悪意が見え隠れする。まるでひそかにティナを苛立たせるのを楽しみ、本当は見た目よりも愚かではないかのように。

ティナ　（読み上げる）六と三で、「特に濃い」

グレアム　六シリング三ペンスで、特に濃い？

ティナ　六シリング三ペンスじゃないわ。六字と三字ってことよ。二つの単語で「特に濃い」。

グレアム　ああ、なるほどね。きみが六と三といったのを聞いて、どうして六シリング三ペンスなのかわからなかったんだ――

ティナ　いいのよ、気にしないで――「ロンドンの霧（London Fog）」だわ。

グレアム　ロンドンの霧？

ティナ　「特に濃い」ものよ——そう、ロンドンの霧。

グレアム　ロンドンの霧は、特に濃いのか？　マンチェスターでは……

ティナ　もう、グレアム！　ロンドン名物じゃないの、ロンドンの霧は。

グレアム　『ロンドン名物』といえば、本の題名だろう——『緑は危険』を書いた女流作家の。

ティナ　知ってるわ。読んだことはないけれど。でも、ディケンズからの引用でもあるわ。

グレアム　そうだった。ここのところ、特に濃いのは自分の頭の中の霧じゃないかと思うね。手術を受けてからというもの……

ティナ　気にすることないわ、グレアム。今はクロスワードパズルをやっているのよ。今度は三語の言葉よ。三文字、四文字、四文字で、「the」何々だと思うわ。三番目の言葉が「p」で始まる、「かすかなまだらの草地に合わせた保護色」。

グレアム　（辞書に手を伸ばしながら）何かの引用だろう。「草地」で引けばわかるんじゃないかな。

ティナ　聞いたことないわ。そもそも、かすかなまだらの草地って何？

グレアム　たぶん、ジャングルの光と影だろう。だめだ——ここにはない。

ティナ　じゃあ、これは後回しにして、別のところをやりましょう。

ティナは新しいヒントに集中していて、彼が背後のガラス扉の食器棚に近づくのに気づかない。観客は第一幕で、彼女がグラスをここに隠したのを見ている。

グレアム　『モーンダーズ』はどこにあったっけ？

ティナ　何ですって？

グレアム　別の引用句辞典さ。それには載っているだろう。

ティナ　わからないわ。もう何年も使っていないから。次。縦の六、始まりは「こ」よ。ロンドンの「こ」。「そこへ上がったり下がったりできる」って、いったい何のことかしら……？

グレアムは本を見つけ、引き出す。彼は観客に背を向けている。一瞬、はっと動きを止めるが、すばやく二冊の本を近づけて、グラスが見えないよう隙間を埋める。彼はその場で、辞書を開く。

グレアム　草地……かすかにまだらな草地……ああ——あったぞ。さすがは『モーンダーズ』だ！　三十四ページ……

ティナ　ローモンド湖《ロッホ・ローモンド》。ぴったりだとは思えないわね。

グレアム　ああ、これだ。

「見ているのに見えない。狩人は通り過ぎてゆく。
このかすかにまだらな草地の、まだらのヒョウは」

ティナ　まだらのヒョウって何？

グレアム　ヒョウといえば、レオパルドのことだろう。「ヒョウのようなそばかす」というじゃないか。けれどこいつは、まだらのやつみたいだな。

ティナ　ヒョウにまだらはないわ。それをいうなら——（不意に言葉を切る）

グレアム　ぶちだろう。ぶちのヒョウだ。妙ないい方だな。一種の——響きがある。ぶちのヒョウ。まるで……

ティナ　（あわてて）でも、これはまだらだといってるわ。

グレアム　詩人の陰謀だね——斑《ふ》といおうと、まだらといおうと、結局はぶちにすぎない。

ティナ　どっちにしても、それが答えなのね？「かすかなまだらの草地に合わせた保護色」——まだらのヒョウ。（書き込む）

グレアム　まさに保護色だ。まず、そいつはまだらとか、斑点があるとか、斑が入っているとかで——ただのぶちとはいわない。次に、ヒョウだとかパンサーだとかいうが、決してレオパルドとはいわない。妙な言葉だな、レオパルドとは。つまり、レオニーとか、レオニードといったりはするが。なぜ……？

ティナ　（彼がレオパルドと口にするのをさえぎるように、素早く、苛立たしげに）ねえ、『タイムズ』のクロスワードをやるの、やらないの？

グレアム　ああ、やるとも。ただ、こういいたかっただけさ——レオポルドとかレオノーレ——ああ、そうそう、レオナルドだ。レオナルドとレオパルド、これは同じだ。

ティナ　グレアム――クロスワードは！
グレアム　わかったよ――そうガミガミいわないでくれ。
ティナ　いいわ、そうやって意味のないおしゃべりをしていなさいよ。

この先、グレアムは無気力そのものの態度に戻る。ここからはティナだけでなく、観客も欺かなければならない。

グレアム　ああ。意味のないおしゃべりさ。何だっけ？　今の話は――ああ、もう忘れてしまった。ブツブツいってるうちに、何の話をしているのか忘れてしまう。かわいそうなティナ――きみには苦労ばかりかけるね。
ティナ　いいえ――わたしのことは気にしないで、グレアム。
グレアム　ここまで頑張ってくれるなんて、本当にきみは素晴らしいよ。
ティナ　まだ混乱しているだけよ。頭がはっきりしないから、何かを想像したり、物忘れをしたりするんだわ。
グレアム　思考が二分と続かないんだ。
ティナ　すぐに良くなるわ。まだ日が浅いもの。
グレアム　もう五カ月も経っているんだぞ。
ティナ　こういうことには、時間がかかるのよ。

グレアム　その間、ティナ——きみには辛い思いをさせてしまうね。仕事はふいにしてしまうし、収入はないし。

ティナ　いいのよ——仕方のないことだもの。

グレアム　まるで波のようなんだ。二分前には、頭ははっきりしていた。少なくとも、はっきりしていると思っていた——考えることができた——何かがひらめきかけたんだ。それさえ思い出せればいいんだが。頭の中でははっきりしていた。あるいは、はっきりしかけていた。それが——雲のようなものに覆われて、どこかへ行ってしまった。

ティナ　心配ないわ。きっと良くなるわよ。

グレアム　良くならなかったら？　わたしの生活——わたしたちの生活は、この頭にかかっているんだぞ。

ティナ　ジュリーは結婚して、手を離れるわ。

グレアム　ああ。（優しく）かわいそうなジュリー！

ティナ　かわいそうなジュリー？　あの子は心配ないわ。

グレアム　何だって……？　わたしは、「かわいそうなティナ」といおうとしたんだ。あるいは、かわいそうなグレアムと。いいかい、ティナ——ある考えが浮かぶんだ。そいつは、雲がよぎっても消えることがない。「わたしは……わたしは……」

ゆっくりと辞書のページを操《く》るグレアムを、ティナはじりじりしながら待つ。

グレアム　（読み続ける）「わたしは安らかな死に、半ば焦がれている……」安らかな死！「今や、死はこの上なく豊かなものに思われる。苦しむことなく、真夜中に生を終えることは……」真夜中に終える。たぶんそれは、誰にとってもいいことじゃないか？　きみにとっても、ティナ――その美しい肩に、こんな重荷を負わされて……？

ティナ　（すでに頭に浮かんでいた言葉を口にする）自殺!?　あなた、まさか……ああ、馬鹿なことはやめて、グレアム！

グレアム　手術はうまくいかなかった。そうだろう？　手術は――ぼくの頭をはっきりさせるためのものだった。そうだったね？

ティナ　ええ、そうよ。

グレアム　でも、そうはならなかった。前よりぼんやりしている――きみが今いったようにね。だったら、何を失うことがある？　腐った頭と、くたびれた心を抱えて。

ティナ　そんなこと、今までいわなかったじゃないの。

グレアム　いつも考えていたんだ。それがきみのためになるならと。

ティナ　（慎重に探るように）わたしのため？　わたしに何ができるというの？　わたしがどうなると？

グレアム　きみはすぐに再婚するだろう。

ティナ　わたしが再婚！　たとえば、誰と？

グレアム　レオナルドはきみに惹かれている。
ティナ　レオナルド？　レオナルドは結婚するような男じゃないわ。
グレアム　いいや、違う――ジョージの死後、きみと結婚してもおかしくなかった。
ティナ　でも、しなかった――そうでしょう？
グレアム　ああ。しなかった。今夜、彼は来るのか？
ティナ　ちょっと立ち寄るかもしれないわ。
グレアム　二人きりで過ごすといったじゃないか。
ティナ　無理よ――ジュリーとフリッツが来るんですもの。ジュリーの持ち物の残りを取りに。
グレアム　そしてレオナルドが「立ち寄るかもしれない」か。
ティナ　そのときのために、ダーリン――スーツを着たほうがよくないこと？
グレアム　何だって、めかしこめというのか――レオナルドのために？
ティナ　それと、子供たちのためによ――新婚旅行から帰ったばかりなのよ！　あまり褒められたものじゃないわ――そんな擦り切れた、古いガウンじゃ。
グレアム　二階へ行って、着替えをしろと？
ティナ　ダーリン、そうして！
グレアム　バニーがいなくちゃ、どこに何があるかわからない。
ティナ　洋服だんすを開ければいいのよ、グレアム。

グレアムは、ティナが自分を追い出し、そのすきにレオナルドに電話しようとしているのをよく心得ていて、彼女をじらすことに悪意のこもった喜びを感じている。

グレアム　（戸口で）洋服だんす？　何だっけ？　ティナ、自分が何をしようとしているのか、どうしても思い出せないんだ。

ティナ　スーツよ、グレアム。

グレアム　すまない、ティナ、きみを苛立たせているのはわかる。だけど……

ティナ　スーツを着ようとしていたのよ――子供たちのために。

グレアム　そうだったか？　すっかり忘れていた。ああ、そうしよう――また忘れてしまう前に。

グレアム、出ていく。ドアは完全に閉まっていない。足音が階段を上るのが聞こえ、一番上にたどり着く前に――あまり明瞭すぎないように――止まる。

ティナ、電話に駆け寄る。

ティナ　レオ？　来てちょうだい……そう、困ったことになったの……いいえ、グレアムをひとりにはできないわ。バニーはいないの……ええ、わかったわ。聞いて――前にもいったように、もう一度睡眠薬を与えなくちゃならないわ……ええ、でも、もうなくなってしまう……いいえ、危険じゃないわ。少なくとも――あの人は眠くなるだけ。あの人がベッドに直行したら、その後で話ができるでしょう……でも、レオ、何も疑っていないわ。なぜ今になって？……ええ、そうよ。恐ろしいことだわ。だから来てもらわなければ。ああ、馬鹿なこといわないで。電話でいえるはずがないでしょう？　いいこと、レオ。持っているのは全部使ってしまったの。もう少し持ってきて。それで――それを鞄の一番上に入れて、その鞄を――鍵をかけずに――客間のドアを入ったすぐのところにある椅子の上に置いておいて。わかった？　それでね、レオ――持ってくるのは――ひとつだけじゃだめよ。たくさん持ってきて……何もないわよ……いいえ、はっきりしたことは何もないわ……いい、レオ、生きるか死ぬかの問題なのよ。わたしのいう通りにして。たくさん持ってくるのよ……

ドアが静かに開く。グレアムが、まだガウン姿のまま入ってくる。

ティナ　ああ、グレアム！　びっくりするじゃないの。
グレアム　スリッパを履いたんだ。それで、足音が聞こえなかったんだろう。
ティナ　ちょうど今――子供たちに電話していたところよ。
グレアム　ああ――そうだった！　子供たちのために着替えようとしていたんだっけ。これから来るんだろう？
ティナ　そうよ。

グレアム　だったら、なぜ電話なんかしていたんだ？
ティナ　ああ、それは——本当に今夜だったかどうか、急にわからなくなって。
グレアム　丘を登ってくる、あのジャガーがそうじゃないか？

バニー、居間に入ってきて、ドアを閉める。大好きなティナおばちゃんにまた会えたことで喜びの塊《かたまり》となり、暗喩的なホッケースティックにつまずくようにして彼女に抱きつく。

バニー　こんにちは、おばちゃん！　元気そうね……
ティナ　バニー、気をつけて！　お化粧がはがれちゃう！
バニー　牛乳屋さんは来た？　いうのを忘れちゃって。ほら！——赤い薔薇よ！

紙包みを開くと、しおれた花が顔を出す。すでに花びらが一、二枚散りかけている。

ティナ　まあ、バニー——わたしに？
バニー　フリッツが一ポンドくれたの。二日間ジュリーの手伝いをして、一ポンドってすごいわよね。ほら、この部屋によく似合うわ……

バニー、やはり盛りを過ぎた花が挿してある花瓶に、その花を足す。

バニー　（続けて）彼、すごいお金持ちみたい、ティナ。あの持ち物ときたら！

　　ジュリーとフリッツ、入ってくる。

ジュリー　ごきげんよう、ママ。

フリッツ　ボンソワール――ボンソワール、美しい《マ・ベル》、美しいお義母さん《ベル・メール》！

ティナ　ごきげんよう、かわいい子供たち。

ジュリー　お土産に、レモンアイスを持ってきたわ。

フリッツ　冷蔵庫の一番上だね、バニー。

ティナ　あら！　こんなことが前にもあった気がするわ。バニーが花を持ってきて、あなたたち二人が冷蔵庫にアイスクリームを入れ、後からレオナルドがやってきて……

バニー　ここへ来るの？　今夜？

ティナ　バニーは不満そうね。

バニー　ええ――二人が戻ってきたというのに……始めましょう、ジュリー。

　　バニー、すねて出ていく。

入ってきたグレアムが、彼女とすれ違う。今はスーツに着替えている。

グレアム　やあ——ウサギのバニーちゃん！　（ほかの面々に）彼女、どうしたんだい？……

ティナ、バニーの気まぐれにはうんざりというしぐさをする。

フリッツ　こんばんは。

ジュリー　こんばんは、お義父《とう》さん。

グレアム　やあ！　やあ！　やあ、かわいい娘——（彼女にキスをする）若く、夫のいる、かわいい娘……

ジュリー　何ですって？

グレアム　サラー・ガンプ（ディケンズの小説『マーティン・チャズルウィット』に登場する助産婦。グレアムの前の台詞はその引用）を知らないのか？　なあ、フリッツィー？

フリッツ　お元気そうですね。

グレアム　元気さ、元気だとも。ただ、霞《かすみ》がかかっているだけでね。一杯どうだ？

ジュリー　宴会をしている暇はないの。少なくとも車二台分の荷物があるんだもの。

ティナ　車二台分？

ジュリー　無事に片づけばいいけど……

グレアム、酒のテーブルに近づく。

ティナ　（グレアムの飲み物に薬を入れるチャンスが来るまで、彼が飲みはじめるのを避けようと）レオナルドが来るまでお待ちなさいよ。

グレアム　ああ、来るのかい？　来るかもしれないといったんじゃなかったか？

ティナ　ええ、来るかもしれないってことよ。じゃあ言い換えるわ。ここは酒場じゃないんだから、少しお待ちなさいよ。

グレアム　酒場だって？

ティナ　ここは酒場じゃないの。お客が飲みたいといったら、すぐにお酒を出すようなところじゃないのよ。

ジュリー　そのお客がわたしだといいたいなら、わたしは何もいらないわ。ここへは荷造りをしにきたんだから。

フリッツ　運び出すときに呼んでくれるかい、ジュリー？

ジュリー　ええ、わかったわ、ダーリン。呼ぶわね。

ジュリー、出ていく。

グレアム　レオナルドが本当に寄るなら、二階へ行って着替えたほうがいいな。
ティナ　着替え？　なぜ？
グレアム　きみがそういったんじゃなかったか？
ティナ　でも、グレアム――着替えは終わってるわ。自分でご覧なさいよ。スーツを着ているじゃないの。
グレアム　ああ、何てこった――本当だ。
ティナ　グレアム――フリッツひとりになったわよ。何か話があったんじゃなかったの……

呼び鈴が鳴る。

フリッツ　ぼくが出ます。
ティナ　（続けて）レオナルドだわ。

フリッツ、廊下へ出ようとする。ドアを開けたとき、ジュリーの声がする。

ジュリー　フリッツ！
フリッツ　今行く。ちょっと待ってて。

彼の背後でドアが揺れる。グレアムはティナを引き寄せ、片手で彼女の髪をまさぐりながら、すばやく、官能的なキスをする。（彼はレオナルドをだますことに悪意ある喜びを感じ、レオナルドが乱れた髪に気づくことを期待している。その間ティナは、グレアムに自殺という言葉をいわせようと画策している）

ティナ　グレアム、だめ。グレアム、嫌らしいことしないで。ねえ、ダーリン――フリッツとレオナルドに、自殺を考えていることを話してみたら。

フリッツ、執事のように戸口に現れる。

フリッツ　バージ先生です。

フリッツ、廊下に出て、階段のほうへ向かう。

レオナルドは薄いオーバーコートと目立つ色の薄い手袋を着け、左手に診察鞄、右手には帽子を持っている。実際には、薬の入ったグラスを帽子に隠し持ったりはしていないが、観客には持っていないことをはっきり見せてはならない。レオナルドは椅子の上に鞄を置き、ティナに共謀するような視線を送り、帽子を飲み物のテーブルに置く。そのそばには大きな写真がある――グラスが隠れるほどの――それから、コートと手袋を鞄の上に放る。

レオ　やあ――寄っても構いませんか？

グレアム　いいや、それどころか――嬉しい驚きだ。

ティナ　ますます「前にもあった気がする」わね。花を持ったバニー、アイスクリームを持ってきた子供たち、フリッツとジュリーが出ていったと思ったら、レオナルドがやってくる……

レオ　レオナルドがきみの乱れた髪を見つける。

ティナ　あら――そうね――その通りだわ。こんな夜があったわ。ずっと前の冬に。でも、花は赤い薔薇じゃなかった……

グレアム　ああ。それは別のときだ。赤い薔薇がカーネーションに変わったのは。きみがいっているのは――きみたちがわたしの手術を決めた日のことだ。

ティナ　わたしたちが決めたんじゃないわ――

グレアム　そうだったかな、ティナ？　そうだと思ったが。あのシェリーのせいで――ぶち猫のグラスに入っていたのは、デュボネじゃなかった――覚えているかい？

気まずい沈黙。何かが階段にぶつかる音。ジュリーが上を見ながら、部屋に戻ってくる。

ジュリー　机を持っていくわね、ママ。（あら、すみません、バージ先生――こんばんは）あれはわたしのだから。
ティナ　あの摂政時代の机？
ジュリー　わたしのよ。パパはいつもいってたわ。あれは――パパのお母さんのものだって。
ティナ　ええ、だったらもちろん、持っていっていいわ。この家で一番の値打ち物よ。
ジュリー　一番かどうかという問題じゃないわ――わたしのだもの。
ティナ　いいわ、あなたがそういうなら、ジュリー。
ジュリー　でも、パパはいつも……
ティナ　わかった、わかったわ、頼むから――そのぼろ机を持っていってちょうだい。グレアム、手伝ってあげて。あんなふうにぶつけたら壊れてしまうわ。行きなさい、ジュリー、その代物がそんなにほしければ、ちゃんと見ておくのね。

ジュリー、不愉快そうに、だが決然と出ていく。

ティナ、ひどく不機嫌になる。何もかもがうんざりだというそぶり――だが本当の狙いは、レオナルドの鞄から睡眠薬を手に入れるために、彼らを追い出すことだった。

バニー、入ってくる。

バニー　あら！――ジュリーはいなくなっちゃったのね。机が角を曲がらないの――

ティナ　グレアム、頼むから手伝ってあげて。（バニーに）さあ、行って……

グレアム　わかったよ、行こう。（鞄とコート、手袋の置いてある椅子のそばを通りながら）どうしてこんなものがあるんだ？

レオ　ぼくのコートです――

グレアム　廊下に吊るしてきてやろう。

グレアム、コートと手袋を取り上げる。バニーがそのすぐ後についてきて、彼からそれを受け取り、コートのポケットに手袋を入れる。グレアムは鞄と帽子を持ち、二人は出ていく。ドアが閉まるが、カチッと閉まる音はしない。ティナとレオナルド、小声でせわしなく話をする。

ティナ　ああ、どうしよう！　どうしてされるままになってたの――？

レオ　きみは止められなかったのか――？

ティナ　何を？　わたしは彼らを部屋から出ていかせたのに……

レオ　まあいい――ここに持ってきているんだ。

レオナルド、小さなガラスのアンプルを取り出す。中には水のような透明な液体が入っている。

ティナ　ああ、よかった。（手を伸ばす）

レオ　ぼくが入れる。デュボネを注ぐようぼくにいってくれ。

ティナ　いいえ、あなたは信用できないわ。わたしにちょうだい。

レオ　きみは廊下にあるのを取ってくれればいいだろう。チャンスは二倍になる。ただし、きみがやったときにはぼくにウィンクしてくれ——量が二倍になってはまずい。

ティナ　どれくらい持ってきたの？

レオ　新しくひと箱買ってきた。だが……

ティナ　レオ——聞いて。あの人、自殺をほのめかしたのよ。

ティナの頭の中ですばやく形を取った考えを、レオナルドはすぐに察する。

レオ　自殺？　いいや、ティナ——だめだ！

ティナ　フリッツの前でそのことをいわせるわ。みんな思うわよ、あの人が——

レオ　だめだ、ティナ。ぼくにはできない。

ティナ　薬はあなたの鞄の中にある。鞄には鍵がかかっていない。あの人はそれを廊下へ持っていった。何というチャンスなの！——彼はわたしたちの思い通りに動いているわ。こんなチャンス、二度とないわよ。子供たちがここにいて、すべての証人になってくれる。
レオ　ぼくはやらない。とうてい同意できない。
ティナ　だったら、わたしがやるわ。
レオ　きみがやるなら——ばらしてやる。誓っていうが、ティナ——もしそれをやったら、きみのことを暴露する。声を大にしていってやる——
ティナ　そして、自分も絞首刑になるというの？
レオ　いいとも——絞首刑になるさ。きみも一緒だ。だが、これ以上続けることはできない。
ティナ　シッ、静かにして。取り乱さないでよ。
レオ　彼には十分な仕打ちをしたじゃないか——かわいそうな能無し、ぼろぼろになった熊のおもちゃのように、たわごとをいって暮らす男に。もうこれ以上のことはできない。
ティナ　そのかわいそうな能無しは、ぶち猫の意味に気づいたわ。
レオ　ああ、やめてくれ、ティナ——狼だと叫ぶにもほどがある。とても信じられない。
ティナ　本当のことよ、レオナルド。
レオ　ぼくは信じない。
ティナ　ああ、お願いよ！——レオ、今度こそ本当なのよ。確かに以前は嘘をついたわ。あなたの心を動かすために、話を大げさにした——けれど今度ばかりは、絶対に、絶対に本当よ。
レオ　本当だって？
ティナ　レオパルドのことよ。「妙な言葉だ、レオニーとか、レオポルドとかいうが、レオパルドではいけないのか？」って。そしてもちろん――レオナルドでは？

レオ　信じられない。

ティナ　今夜のクロスワードを見て。斑の入ったヒョウ、まだらのヒョウ、斑点のあるヒョウは出てくるのに――ぶちのヒョウが見当たらないのは、詩人の陰謀だというのよ。「ぶちのヒョウ」というのは、どちらにしても変ないい方だと――いったい何を思いついたのかしらね？

レオ　確かにそういったのか？

ティナ　まるで何かを思いついたみたいだったわ――〝妙ないい方だ――何か思い出しそうだ〟って。

レオ　そのままにしておけばいい。ぶち猫のことは知っているんだ。

ティナ　あの人はこれまで、ぶち猫とあなたを結びつけたことはなかったわ。

レオ　ああ、しかし……すべてを足したって何も出てきはしない。

ティナ　すべてを足したら、わかってしまうわ、レオ。わたしたちがいつも恐れてきたのはそれでしょう。あの人が不意に、新しい視点から見たら……

レオ　彼が見抜いたとは思えない。

ティナ　半分は見抜いてるわ。あの人の気をそらそうとしたけれど、半分は見抜いている。あとは時間の問題よ。

レオ　忘れてしまうさ。何もかも忘れてしまう。

ティナ　忘れているわ――今のところは。レオ――早く！　心を決めてちょうだい！　チャンスは目の前にあるのよ。もう二度と巡ってはこないわ……

レオ　だめだ、ティナ。

ティナ　理由をつけて、鞄から薬を出すのよ——子供たちは、机にかかりきりになっている間にあの人が持ち出したのだと思うわ。

レオ　ぼくにはできない。

ティナ　誰があなたを疑うというの？

レオ　きみの二人の夫——ひとりならず二人までも——が、睡眠薬によって偶然死ぬ。ぼくが好意で処方したものでね。その後、未亡人を慰めるためにぼくが結婚する。

ティナ　でも、つじつまは合うわ。あの人は法廷でわたしを弁護するときに、薬のことを知った——そして、自分が知っているものを選ぶはずよ……

レオ　だめだ、ティナ、だめだ。

ティナ　あなたがやらないのなら、わたしがやるわ。

レオ　きみはどうかしてる。どうかしてるよ。

ティナ　どうかしてなんかいないわ——ただ、怖いだけよ。

レオ　ああ——きみはどうかしてなどいない、ティナ。それに怖がってもいない。君は飽き飽きしているんだ。この人生にうんざりしている。金のない人生に——

ティナ　お金、お金！——あなたの考えることはお金ばかり。お金というのは、それが買えるものを意味するのよ——家政婦、わずかな衣服、ちゃんとした化粧品……

レオ　ああ！　だったらあるじゃないか！
ティナ　ええ、そうよ、レオ――あなたは持っている！　わたしのような女が――この家で奴隷のように働き、手を汚し、安い化粧品や白粉《おしろい》で肌を荒らし、人生をすり減らし、年老い、美貌を損ないながら――たわごとをいう愚か者に縛りつけられている。来る日も来る日も。なのにあなたは、わたしを救い出そうと何もしてくれない！
レオ　あえてしていないだけだ。今のところは。
ティナ　してくれなくちゃいけないわ。これ以上耐えられない。こんなふうに偽るのは……
レオ　どうすればいい？
ティナ　あなたがいった通り、ロンドンへ行くなら――
レオ　秋には行く予定だ。
ティナ　でも、わたしたちは今から始められるわ。離婚への道筋をつけるのは――
レオ　まだだめだ。ぼくたちの仲が、ほんの少しでも知られれば……
ティナ　でも、すべてはそのために始まったのよ。
レオ　それがどんな結果になるか、誰にもわからない。何にせよ、うまくいくとは思えない。
ティナ　いいえ、うまくいくわ。今がチャンスよ――それを利用するの。わたしたち、あの人の頭をぼんやりさせ、記憶を混乱させ、今、その結果として、彼は自殺を口にしている。またしてもチャンスが巡ってきたわ。これですべて解決よ……
レオ　ぼくにはできない。させるわけにはいかない。

ティナ　やらずに手を引こうというの、レオ？　そうはいかないわよ。これだけどっぷり浸かっているんだもの。それに、わたしがそうさせないわ。声を大にして訴えることができるのは、あなただけじゃないのよ。
レオ　そして〝二人して絞首刑〟というわけか？
ティナ　そこまで明かす必要はないわ。わたしは何も失わない。でも、あなたは……
レオ　まさか、医学総会議を持ち出して、ぼくを脅すつもりじゃないだろうな？
ティナ　わたしはただ、こんなふうに続けてはいられないといっているだけよ。（いい過ぎたことに気づき、ふたたび媚《こび》を売りはじめる）ああ、ダーリン！　医学総会議だなんて！　わたしたちどうなるの？
レオ　どうなるかは、神のみぞ知るだ。だが、グレアムを殺すことはできない。
ティナ　わかったわ。彼には一回分だけの量を使いましょう。そうすれば話し合いができるわ。
レオ　そしてきみは、ぼくを丸め込むに違いない。だめだ、ティナ。今夜は話し合いもしたくない。
ティナ　あなたに無理強いはしないと約束するわ……
レオ　この家に新しい睡眠薬がひと箱あるうちは、グレアムに睡眠薬は飲ませない。
ティナ　何を怖がっているの？　ここにはほかの人たちも出入りしてるわ。
レオ　きみのいう「証人」がね。いいや。今夜はだめだ。そして明日以降、致死量の薬はこの家には置かない。

外で、皆が戻ってくる物音がする。

ティナ　レオ！　アンプルをちょうだい。

レオ　嫌だ。

レオナルドは避けようとするが、ティナは突然襲いかかり、アンプルを移したポケットに手を突っ込む。ほかの人々が入ってきたときには、彼は弱々しく抵抗している。

フリッツ、ジュリー、バニー、入ってくる。

ティナ　ああ——何とかなった？

フリッツ　完璧ですよ。太った女性のように、羽根布団で覆って荷台にくくりつけておきました。あとは、薔薇の花をつけた帽子でもかぶせれば——

ティナ　羽根布団？　誰の羽根布団よ？

バニー　わたしのだけよ、ティナ。わたしのベッドで使っていた古いのよ。

ティナ　どういう意味——あなたの羽根布団って？

バニー　つまり、わたしのベッドで使っていたものということよ。だって……

ティナ　ねえ、バニー――なぜそこでやめなかったの？　客間のカーテンを取って、運び出す家具をくるめばいいじゃないの……

ジュリー　ああ、もうやめてよ、ママ。新しい羽根布団を買えばいいんでしょう。心配しないで、バニー。こっちで何か飲みましょう――それだけ頑張ったんだもの。

ティナ　あなたたちみんながそうでしょうよ……（暗に、家にある家具の半分が持ち出されたことをほのめかしている）

フリッツ　ミスター・フリアに、シェリーを買ってきました。

ティナ　ところで、あの人はどこ？

ジュリー　着替えをするっていってたわ。

ティナ　まあ！

ジュリー　あの人、ものすごく……変よ、今夜は。

ティナ　ええ、ものすごく変なの。いつになくね。それにとても沈んでいるみたいだったわ、ジュリー。フリッツ、あの人がここにいない間に、聞かせたいことがあるの……

だが、レオナルドは偽りの自殺の準備をさせようとはしない。かすかに勝ち誇った目つきでティナを見ながら、割って入る――その目つきは、のちに繰り返される。

レオ　ほかにもたくさん持って行くものがあるのかい――ああ、失礼、ティナ、話の腰を折ってしまって――ほかにもたくさん持って行くものがあるのかい、ジュリー？　今夜じゅうには終わる？

ジュリー　持って行くものに、いちいち文句をつけられなければね。

ティナ　自分の持ち物には愛着があるものでしょう？

ジュリー　あいにく、わたしの持ち物よ。

フリッツ　ジュリー――ねえ、ジュリー！　シェリーを飲もうよ、ね？

グレアム、入ってくる。ぼんやりして、呆《ほう》けたような顔。右手にレオナルドの帽子。脇には夕刊を抱えている。おそらくレオナルドが持ってきた地元紙だろう。さらに彼はレオナルドのコートを着て、運転用の手袋をはめている。一同は飲み物のテーブルの周囲に立っている。ティナは彼のグラス――ぶち猫のグラス――を手にしている。ちょうど、それに少量のジンを注いだところだ。（そこにはこっそり、一回分の睡眠薬が加えられている――観客にはその様子は見えなくてよい。そうだったかもしれないと思わせるだけで十分。だが、それが行われたことは明らかである）

ティナ　（苛立たしげに）まあ、グレアム！

グレアム、飲み物のテーブルに近づく。レオナルドがさっき置いた場所に帽子を置く。そこには大きな写真か何か、グラスが隠れるようなものがある。事実、グレアムは帽子に隠してぶち猫のグラスを持ってきている。グラスの五分の一を、無色透明な睡眠薬が満たしている。観客はこれも見なくてよい――実際、見てはいけない――が、何があったかを確信する。

グレアム　きみがもっと服を着ろといったんじゃないか。

レオ　しかし、それはぼくの服です。

ティナ　わかってやってるのよ。面白おかしく見せようとして。

グレアム、帽子を取り上げ（写真か何かの後ろに隠されたグラスをそのままに）、それをかぶって演技する――気まずいほどにおどけて――踊り、歌い出す。

グレアム　（歌う）

哀れなグレアム
道化にもなれない
だから誰も金を払って弁護してもらいたがらない
そして彼は一文なし！

ジュリーとバニー、手を叩いて笑おうとする。

グレアム　アンコール！　アンコール！　大成功！　大成功！

（歌う）

賢いグレアム

お祝いをしよう！

ジンはちょっぴり飲んでいる

今度はデュボネをやってくれ

彼はすり足で飲み物のテーブルに近づき、ティナが持っているグラスを、デュボネを注ぐレオナルドに渡そうとする。ティナは苛立たしげにその手を避け、直接レオナルドにグラスを渡す。

グレアム　女王様はご機嫌斜めだ！（突然、帽子をかぶっていることに気づいたように）ああ――わたしのデュボネに失礼なことを！

グレアム、帽子を取り、片手に帽子、もう片方の手に夕刊を持つ。彼は夕刊を椅子かソファに放る。ところがそれは、赤い薔薇を挿した花瓶にぶつかる、あるいは、ぶつかりそうになる。レオナルドは一瞬手にした少量のジンを注いだグラスを置き、ぐらぐらするガラスの花瓶を支えようと駆け寄る。不器用に焦ったため、実際には花瓶をひっくり返してしまう。いずれにせよ、花瓶は落ちて割れる、または踏みつけられるか、蹴られる。

ほかの人々は苛立たしげにそれを見ている。部屋の反対側にいたバニーとジュリーは、飲み物のテーブルに近づくことなく急いで進み出て、あたりを掃除し、割れたガラスを片付ける。ティナはソファに置いてあった『タイムズ』を使って、今ではめちゃめちゃになってしまった薔薇をグラスと一緒に包み、金属製のゴミ箱に突っ込む。それぞれ、観客にはっきりと見えなくてもよいが、見えても構わない。

グレアムはその場にいて、テーブルのそばでそれを見ながら、呆けたように笑っている。実際には——観客の見えないところで——彼は写真の後ろに置いてあったグラスと、ティナが酒を注いだばかりのぶち猫のグラスをすり替えることができる。

その間。

ティナ　もう、何をしているの、グレアム——いいガラスの花瓶だったのに。

グレアム　悪かった、悪かった!

バニー　さあ、わたしが持っていくわ……

グレアム　持っていくって——何を？

レオ　ぼくの服をです。

グレアム　きみの——？　これは失敬——きみのコートだったのか、レオナルド。どうして……？

ジュリー　わたしたちを笑わせてくれたってわけよ。バニーに渡して。

バニー、コートを脱がせる。グレアムから渡された手袋を、先ほどやったようにポケットに入れ、帽子と一緒にふたたび廊下に運び出す。

ジュリー以外の全員が、テーブルの周りに集まる。グレアムは新聞紙を放ったときから、その場を離れていない。

フリッツ　シェリーは？

ジュリー　取ってくるわ。

ジュリー、出ていく。

ティナ　あなたはシェリーを飲まないの、フリッツ？

フリッツ　ええ、いつでもジンとデュボネです……

グレアム、自分が用意したぶち猫のグラスを差し出す。

グレアム　だったらこれを飲むといい、フリッツ。
ティナ　それはあなたのグラスでしょう、グレアム。

レオナルド、薬を入れたグラスをフリッツに渡すことで、ティナにちょっとした仕返しをしようと考える。彼はひそかなユーモアを込め、ふたたび勝ち誇った目つきをする。ティナがフリッツに話しかけることで、グレアムの自殺への道筋をつけるのを防ごうとしたのである。彼はグラスを――ためらう様子の――グレアムの手から取り、フリッツに渡す。

レオ　まあまあ――今回はフリッツに使わせてやろうじゃありませんか。
ティナ　レオナルド！　それはグレアムのグラスなのよ。
レオ　グレアムは気にしないでしょう――嫌ですか、グレアム？　自分でデュボネを注ぐといい、フリッツ。
グレアム　ああ、やってくれ、フリッツ。
ティナ　フリッツ、だめよ！　グレアムに返して。

フリッツ　ああ、困ったな――もうデュボネを注いでしまいました。
レオ　そのまま飲むといい、フリッツ。いずれにせよ――お客様優先だ！
ティナ　グレアム――自分のグラスをほかの人に使わせるのを、あれほど嫌がってたじゃないの。
グレアム　馬鹿馬鹿しい――お客様優先だ。飲んでくれ、フリッツィー。きみに敬意を表して。
フリッツィーには敬意を払わなければ。何といっても、ティナ、フリッツィーがいなければ、今のわたしはありえなかったのだから……

彼は乱暴にフリッツの腕を上げさせ、フリッツは酒を飲む。礼儀正しい彼は、酒――実際には睡眠薬入りのデュボネ――の味には何もいわないが、いったい銘柄は何なのだろうと問いたげに、ちらっと瓶を見る。

彼とグレアムの頭越しに、ティナが怒った目でレオナルドをにらみつける。レオナルドは勝ち誇ったように微笑み返す。

ジュリー、シェリーの包みを持ってくる。

ほかの人々は、めいめい酒を飲んでいる。ジュリーが戻ってきてから、グレアム、フリッツ、レオナルドは、ティナから離れたところに集まる。彼らはフリッツの車について、どうでもいい会話をとりとめもなく交わす。

グレアム　車の調子はどうだね？
フリッツ　ああ、あの車ですか！　素晴らしいですよ！
レオ　塗ってからは見ていませんでしたか？
グレアム　明るい黄色だと聞いたが？
フリッツ　淡い砂色に、茶色のマークを入れたんです――ジャガーの……

その間。

ジュリー　これはお義父《とう》さんによ。花嫁と花婿から、愛を込めて。
ティナ　これはこれは、たいした慈善婦人ね！
ジュリー　来るたびに、あの人のお酒を飲むわけにはいかないわ。
ティナ　そうたびたび来るつもりなの？
ジュリー　ママに会いに来るのよ！
ティナ　あら、そうなの。また家具を持ち出すのかと思った。
ジュリー　わたしがもらったのは――小さな――机――ひとつだけよ。
ティナ　おまえの父親が、わたしに残した唯一の値打ち物よね。

ジュリー　ママにじゃなくて、わたしに残してくれたのよ。
フリッツ　ジュリー！
ジュリー　あなたは引っ込んでて、フリッツ。
フリッツ　だったら、母親に向かって大声をあげるのはやめてくれ。
ジュリー　母親ですって！　急にわたしの母の肩を持つのね。
フリッツ　ぼくは——それにきみだって、ジュリー——母親を敬わなければ。
ジュリー　敬う！　あなたが！　この上ない偽善者だと、自分でいってたくせに……
フリッツ　ジュリー！
ティナ　さあ、ジュリー、そうかっかしないで。
ジュリー　みんな黙ってて。ここへ来てからというもの、あれこれ文句ばかり……
フリッツ　ジュリー——ジュリー！　マダム、申し訳ありません……
ジュリー　「マダム、申し訳ありません……」ですって。あなたも同じくらいの偽善者ね。「マダム、申し訳ありません……」だなんて。
レオ　ジュリー、ジュリー！
ジュリー　うるさい、あなたには関係ないわ。
フリッツ　ジュリー——バージ先生に何てことを。
ジュリー　関係ないといってやりなさいよ！
フリッツ　バージ先生、すみません。許してやってください、彼女は……

ジュリー　（取り乱して）ええ、ええ。「バージ先生、すみません……」そうやっておべっかを使い、ごまをするといいわ。「ミセス・フリア、美しい、美しいお義母さん《マ・ベル、ベル・メール》」「ぼくの英雄、バージ先生」──家でいってることとは大違い。家じゃ、この二人は殺人者も同然だといってるくせに。家じゃ、この人がわたしの父を殺したといってるじゃないの。

バニー、入ってきて、この剣幕に怖気づく。

バニー　ああ、何てこと──ジュリー！

ジュリー　いらっしゃい、バニー。荷物をまとめて、こんなひどい家、さっさと出ましょう。

ジュリーとバニー、出ていく。

フリッツはその間、薬が効いてきて、ジュリーの後を追おうとおぼつかない努力をすることしかできない。

フリッツ　あのう、バージ先生、もしかしてお気を悪く……

レオ　いやいや──ジュリーの気性は知っているからね。まるでロケットだ！

フリッツ　しかし、すみませんでした……マダム、すみません……ちょっと失礼、ジュリーと話をしてきます……
レオ　（片手を彼の腕にかけ、ソファに座らせて）放っておきなさい――すぐに静まるさ。
ティナ　まったく――つまらないことで大騒ぎして！
グレアム　大丈夫か、フリッツ？
フリッツ　何だか気分が……ジュリーのところへ行かなくては。
ティナ　放っておきなさいよ。すぐに機嫌がよくなるわ。
フリッツ　だけど、あんなことをいうなんて！　もちろん、彼女がいったようなことを、ぼくが口にするはずがありません。わかるでしょう、ジュリーのいったことは全部でたらめです。
レオ　ああ、気にすることはない。妻と二人きりのところで、何をいおうと自由だ。
ティナ　たとえば――あなたが彼女の父親を殺したと？
フリッツ　もちろん、そんなことは――
レオ　いや、いいんだ。結局――ある意味、それは真実なのだから。ぼくの不注意だ――それをジュリーにいったとして、何が悪い？
グレアム　大丈夫か？　何だか様子が変だ。
フリッツ　ええ、気分が――悪くて。頭がくらくらするんです。
グレアム　もう一杯やるといい。
フリッツ　いえ、もう結構です。どこか――変に見えますか？　二杯目を飲んでから……何だか……気分が……（と、あくびをする）疲れてしまった。

ティナ　そう——疲れてるのよ。楽にして、少し眠るといいわ。

フリッツ　ジュリーは……行かなくちゃ……ジュリーはどこだ……？

ティナ　（レオナルドへの苛立ちとは裏腹に、笑顔で）眠いようね！

レオ　（ティナに向かって）だったら、話はできそうにない！

グレアム　話？

それにかぶさって、荷物が階段にぶつかりながら下りてくる音。

ティナ　何でもないの、グレアム。あの子が大丈夫かどうか見てきて。

グレアム　（戸口で）大丈夫か、ジュリー？

ジュリー　（廊下から冷たい声で）ええ、ありがとう。

グレアム　フリッツィーは眠いそうだ。

ジュリー、戸口に姿を現す。

ジュリー　眠い？

グレアム　少し寝かせてやってくれ。すぐによくなる。

ジュリー　わたしに遠慮することはないわ。

グレアム　わたしが手を貸そう。

ジュリー　もう終わったわ。車で家まで行けるし、バニーに手伝ってもらうわ。

グレアム　フリッツは？

ジュリー　ひとりで帰れるでしょう――それとも、泊まってくればいいわ。わたしは心配だけど。さてと、わたしは帰るわね。バージ先生――失礼なことをいってすみません。でも、余計な口出しをなさらなければよかったんですわ。おやすみなさい。

ティナ　そんな重い荷物、ひとりじゃ運べないでしょう、ジュリー。

ジュリー　重い荷物はもうないから、お構いなく。机を取りにきただけなの。だって、あれはわたしのものだから……

ティナ　ああ、あなたって子は！

ジュリー　（続けて）……そしてパパは、わたしに譲るつもりだった。自分の服のほかには何も持っていかないわ。持っていくつもりもなかったけれど、置いていけば場所ふさぎだといわれるに決まってるもの。おやすみなさい。というより、さようなら。

ジュリー、だしぬけに出ていく。フリッツは最後にもう一度立ち上がろうとするが、ソファにばったりと倒れこむ。外で車の音。苛立たしげにギアを入れ、思い切りアクセルを踏んで出ていく。

ティナ　まったく――あの子のかんしゃくったら！　何かいえば、座っていたキジのように飛び上がるんだから。気の毒なレオナルド――いつだって、ひと悶着《もんちゃく》起こるときに居合わせるんだから。

グレアム　家族同様の友人《アミ・デ・ラ・メゾン》なのが運のつきさ。

レオ　むしろ――特権といいたいところですよ。

グレアム　おや、うまいことをいうね。だったら、夕食もご一緒してくれるだろうね。

ティナ　ええ、そうして、レオナルド。

レオ　お邪魔じゃありませんか。

グレアム　邪魔なものか。

ティナ　卵で何か簡単なものを作るわ。

レオ　ぼくは素晴らしいオムレツを作れますよ。

グレアム　それはいい！　ティナと一緒に、オムレツを作ってくれ。ジュリーはいるのか？

ティナ　ジュリーはたった今、家を飛び出していったわ。

グレアム　出てった？　フリッツィーがまだここにいるのに。

レオ　彼は少し疲れているんです。眠いそうです。

ティナ　だから、わたしたちが夕食の支度をしている間、彼についていてくれる、グレアム？

グレアム　オムレツを作るのを手伝うよ。

ティナ　いいえ、ダーリン、あなたはそこでフリッツを見ていて。ね？　フリッツを見ていてくれるわね?

グレアム ああ、もちろんさ——かわいそうなフリッツ。いずれにせよ——フリッツには大きな借りがあるからね、ティナ。そうだろう? フリッツがいなければ、今のわたしはなかった。そうだろう、ティナ? フリッツがいなければ、今のわたしはなかっただろう?

ティナ ええ、グレアム——なかったわ。だから、フリッツを見ていてくれる?

ティナとレオナルド、出ていく。ティナはソファの横を通るとき、さりげなく手を伸ばして、フリッツの髪を撫でる。

ティナ (すまなそうに、笑いながら)かわいそうに——何てひどい!

グレアムは廊下を行く足音が消え、台所のドアが閉まる音がするまで、フリッツのそばにおとなしく座っている。

グレアム (ティナの言葉をまねて)かわいそうに!——何てひどい! だが——過ちは償わなければならない。そしてきみは過ちを犯した——そうじゃないか、フリッツィー?——そうだろう、お人よしで、おしゃべりで、ひとりよがりの生意気な若者……? (グレアム、ポケットからハンカチに包んだぶち猫のグラスを取り出す)このグラスだろう、フリッツィー? ぶち猫のグラス——わたしをだますための、偽物のグラスだ。わたしをだまし、気がふれたと思わせるための……（と、ハンカチの中のグラスを壊す）さあ——これでなくなった！——やつらの穢《けが》れた筋書きのように、粉みじんに。（彼はそれを、ごみ箱の上に持っていく）さあ、目を開けて見ておけ。しっかりと目を開けて。なぜなら、これから面白いものが見られるからだ。逆の筋書きの始まりだ。（と、花瓶が倒れたときに紙に包んで捨てられた花を拾い上げる）ああ——赤い薔薇か！——何て素晴らしい手触りだ。それに——信じられるか？——『タイムズ』のクロスワードのページだ。これ以上ふさわしいものがあるだろうか——ぶち猫のグラスが赤い薔薇の花の中に隠され、それを『タイムズ』のクロスワードのページが包んでいるとは。

これが始まりだ、フリッツ。逆の筋書きのね。きみが最初だ。だが、最初にミスをしたのはきみのほうだ。きみはわたしを〝自由に〟しようとしたんだろう？——ぼんくらのグレアム、大人しいグレアム、御《ぎょ》しやすく、信じやすく、扱いやすい——単細胞の——グレアムを。だがきみはミスをした。きみと、あの汚らわしい偽の手術が、間違った扉を開けてしまった。そしてその扉から、全く違ったグレアムが出てきたというわけさ。誰も知らないグレアムが。ドアに聞き耳を立て、企てを目にし、計画を練って時節を待つ。そして、きみたちに報いを受けさせる。きみたち全員に——殺人と、欲望と、計略と、そして過ちの報いを受けさせてやる……

「過ち」という台詞のあたりで、フリッツの片手がソファから滑り落ち、沈黙の中、小さな音を立てて床にぶつかる。彼はうめき、ふたたびいびきをかきはじめる。グレアムは何もいわず、じっとそれを見守る。

幕

第三幕

場面　居間
時刻　翌朝の十一時頃

コックリル警部が電話で話している。しばらく前から会話をしている様子。二人の警官が、〝お決まりの調査〟を終えて部屋を片づけている。証拠品となりそうなものを載せたトレイがあり、質問が行われている間、警官がときおり出入りし、警部の前のテーブルにメモを置く。電話を終える頃には、メモは小さな山になっている。

ティナとレオナルドは、前日と同じ服装——寝ていない様子。グレアム・フリアはガウン姿。ジュリーとバニーは家で寝ているところを起こされ、あわてて前日と同じ服（あるいは同じでなくてもよい）を着てきた様子。

コックリル警部は私服姿。しばらく前から電話で話しており、明らかに苛立ちながら、受話器の向こうの相手に話を繰り返す。

コックリル ……昏睡状態です……え？　ですから、その青年は昏睡状態だったんです。……え？　睡眠薬による中毒ということで、こちらに通報があって。……え？　いいえ、バージ先生ではなく――病院からです。ですから、病院から通報があったんです。（うんざりしたように）バージ先生はゆうべここにいたんですよ。青年が眠そうだというので、皆は彼の邪魔をしないように、別室で夕食をとっていたそうです。ようやく彼を見たとき、昏睡状態に陥っていたというわけです。彼らが――？　ええ、そうです。病院に……？　ええ、質問はしています。まだその最中で。今朝の四時からここにいるんですよ……え？　七時頃です……え？　七時です……ですから、今朝の――七時に――その――青年が――死んだんですよ。

その間、バニーがコーヒーを持って入ってくる。警部は彼女に、それを置き、そのままそこにいるよう身振りで指示する。コックリルは最後の台詞とともに、受話器を叩きつける。（それは最悪の事態が起こったことを観客に印象づけ、多少のショックを与える狙いがある）

コックリル ああ、すまないね！　警視総監ときたら――とんでもないつんぼでね。

バニー　これ以上ひどいことはありませんわ。かわいそうなジュリー！

ジュリー、入ってくる。

バニー　（続けて）……ああ、ジュリー、こっちでコーヒーを飲んだら。
ジュリー　ほしくないわ。
バニー　ねえ、お願いだから、ジュリー。
ジュリー　わかったわ、バニー。ありがとう。
コックリル　自分を責めることはない、ジュリー。そう苦しんではいけない。
ジュリー　わたしたち、かっとなって、喧嘩していたんです。彼にひどいことをいってしまって……
バニー　あなたが本気じゃないのは彼にもわかっていたわ、ジュリー。いつだって、あなたは急に手に負えなくなるもの。（コーヒーポットを指して）警部？
コックリル　ありがとう、バニー、いただこう。（巡査部長に）ほかの人たちにも入ってもらってくれ。

トロット巡査部長、出ていく。

ジュリー　警部——家に帰らせてもらえません？

コックリル　じきにね、ジュリー。

ジュリー　もう全部、お聞きになったでしょう？

コックリル　何があったのか知りたいだろう。

ジュリー　彼は死んだ——それだけです。

コックリル　だが、どうして？　何が悪かったんだ？　事故なのか？　誰の責任なんだ？

レオナルドとグレアム、入ってくる。

コックリル　（続けて）ジュリーにこういっていたところですよ——解決は——われわれすべてにかかっていると——警察と、あなたがた全員に——

グレアム　われわれは、知っていることは全部話しましたよ。ああ、ありがとう、バニー。

レオ　何があったかなんて、誰にもわからないでしょう。

（レオナルドとティナが、事の成り行きに心底恐怖を抱き、驚いていることが明らかになる。二人はフリッツが、ティナがグラスに入れたわずか一回分の睡眠薬しか飲んでいないことを知っている。あるいは、そう思っている。レオナルドはひそかに、ティナがグレアムにもっと多くの薬を盛っていたのではないかと危惧する。たっぷりと時間をかけて話し

合い、ティナは否定したにもかかわらず）

コックリル　神のご加護があればよかったんですがね。しかし、こうなったら――最初からやり直さなければなりません。彼は薬を過剰に服用していた。だいたいの時間はわかっています。だが、どこで手に入れたのか？

レオ　彼は医者です。

ジュリー　それに、なぜなの？　なぜ夕方のそんな時間に、睡眠薬を飲まなくちゃならなかったの？

コックリル　頭でも痛かったのでは？

レオ　頭痛でそんなものを飲んだりはしません。

ジュリー　それにどのみち、彼は頭痛なんかしていなかったわ。

コックリル　その口論で、頭が痛くなっていなければね。

ティナ、入ってくる。

（ティナは自分が無実だと知っているが、それでも、グレアムのグラス――フリッツに渡されたもの――に入れた少量の薬物が、フリッツが死ぬ原因になったのではないかと恐れている。口論のことが出た瞬間、彼女はそれに飛びつく）

ジュリー　口論？

ティナ　ああ、何てこと！　かわいそうに！

ジュリー　どういう意味、ママ？

ティナ　わたしたちは、あなたの気性を知っているわ。でも、かわいそうなフリッツは……もちろん、あなたに悪気はなかったのでしょうけれど……

ジュリー　何ですって……？　ひどいいいがかりだわ！　フリッツの死は自殺で、その原因が……コッキー、そんなのでたらめよ。バージ先生――あなたはフリッツがどういう人かご存じでしょう？

レオ　もちろんだ、ジュリー。フリッツが自殺などするはずがない。

ティナ　（意味ありげに）それはいろいろなことを意味してるわね、レオナルド。

レオ　何かを意味するようなことじゃない。

ジュリー　とにかく、彼はどこで薬を手に入れたの？

コックリル　バージ先生がいった通り――彼は医者だ。

ジュリー　彼は致死量の睡眠薬を持ち歩いたりしないわ。

コックリル　バージ先生は持ち歩いていた。

レオ　たまたま、新しい箱を持っていたんです。

コックリル　その箱は、今も手つかずで？

レオ　いったでしょう、彼の様子がおかしいのを見て、すぐに確認しました。
コックリル　自分が持っていた睡眠薬を、すぐに調べたと？
レオ　症状にぴんときたものですから――昏睡状態、チアノーゼ……
コックリル　だが、薬の箱は手つかずだった？
レオ　ええ。ありがたいことに！
コックリル　「ありがたいことに」？
レオ　ぞっとしますよ、もし――
コックリル　あなたは鞄を廊下に置いたままにしましたね？
レオ　ええ。
コックリル　鍵をかけずに？
レオ　鍵をなくしてしまったもので。（その場で思いついて）それで、鞄を車に置いてこなかったのです。
バニー　でも、鍵はついたままだったわ。
レオ　ああ、その通りだ。気づかなかったなんてどうかしている。
コックリル　（バニーに）なぜそれを知っている？
バニー　コートと手袋と荷物を受け取ったときに気づきました。
コックリル　そして、睡眠薬は鞄の中にあったんですね？　鞄の一番上に？
レオ　ええ。しかし、それには手をつけられていませんでした。

コックリル　その新しい箱は、ゆうべ買った？
レオ　ええ。ぼくがここへ――（口にしないほうが無難だと気づいて、言葉を濁す）六時頃でした。
コックリル　ここへ来る途中で？　そういいたかったんでしょう？
レオ　偶然なんです。
コックリル　薬はどこで手に入れましたか？
レオ　〈ストック・アンド・ハルフォード〉です。
コックリル　〈ウェザビーズ〉ではなく？
レオ　ええ、いつもはそこですが。
コックリル　だと思いました。医者はたいていそこから仕入れます。しかし、〈ストック・アンド・ハルフォード〉で買ったのですね？　ここへ来る途中にはない店でしょう？
レオ　ゆうべはそっちを通ってきたんです。
コックリル　なるほど。薬は、いつも液状のものを買うのですか？
レオ　それを使っているもので。グレアムはいつも、液状のものを服用していますから。
コックリル　ほう？　その話は初耳ですが？
レオ　全部を説明している時間がなかったんです。
コックリル　彼が服用していた？　睡眠薬を？　家に残っていませんか？
ティナ　いいえ。ひとつもありませんわ。本当よ。
レオ　それで――ゆうべここへ来る途中で買ってきたんです。ミセス・フリアから電話がありましてね。そうだったろう、ティナ？

ティナ　ええ。ですから、ここにはありませんわ。

グレアム　ああ、彼に電話してたのか？　きみはフリッツとジュリーに電話してるといったじゃないか。

ティナ　あなたを動揺させたくなかったのよ――

コックリル　（巡査部長に）箱をもう一度見てみよう。

ティナ　――つまり、あなたの具合のことを話していたから。

トロット、診察鞄を手渡す。コックリルはそこから、細長くて白いボール箱を出す。

コックリル　ミスター・フリアは、よく眠れないのですか？

ティナ　ええ、そうなんです……

グレアム　わたしが？　夕食の後なんか、ときどき目を開けていられないほどだぞ！

ティナ　それは、つまり、あなたはときどき……

箱の中には透明なガラスのアンプルが立てて並んでおり、先の細くなった頭が覗いている。コックリルは満足した様子で箱を閉めようとするが、そのとき、何かに気づく――それは白いボール箱についたしみだった。彼はふたたび箱を開け、アンプルを一本取り出す。それから、ひとつひとつ取り出し、頭と底を見る。

レオ　ああ、何てことだ！

コックリル　すべて空です。底のほうを開け、それを下にして戻したのです。

レオ　取り出してみようなんて思わなかった……

コックリル　そうでしょう、実に巧妙なやり方です。このしみに気がつきませんでしたか？

レオ　しみ？

コックリル　ラベルの染料が落ちたものです——紫っぽい染料が。アンプルを開けたときに、液体がラベルに落ちたのでしょう。中の脱脂綿に跡がついています。

レオ　気が動転していて、あわてていたもので。

ティナ　全部空なの？

ジュリー　なら、フリッツはそれで死んだんだわ。

バニー　だけど、いったい誰がそんなことを？

コックリル　そう——いずれにせよ、これではっきりしました。そして、廊下を行き来した人物なら、誰でもこれを手に入れることができた。さて、症状が出たのは——？

レオ　七時頃でした。

コックリル　彼が最後に口にしたのは、六時半過ぎに飲んだ酒です。ミセス・フリアが……

ティナ　わたしがジンを注ぎました。

ティナ、テーブルのほうへ行く。コックリルがどこからか古いグラスを持ってきて、彼女に手渡す。

コックリル 何があったのか、再現してみましょう——全員で。（ジュリーに）きみとバニーは、そこにいたんだね？

ジュリー ええ。

コックリル よろしい。ミセス・フリア……

ティナ わたしはグラスをレオナルドに渡しました……

グレアム そして、わたしが椅子に放った新聞紙が、花瓶に当たってしまい……

コックリル （ほかの人々の動きを止めさせて）ちょっと待って。

グレアム ……そして、レオナルドはあわてて倒れるのを防ごうとした。

コックリル なるほど。最初からやってみましょう。正確な時間を計りながら。

ティナ わたしがグラスを手渡し……

レオ ぼくが受け取り……

グレアム わたしが新聞紙を放った……

コックリル （レオナルドに）わかりました、それに駆け寄って……さて、全員がそれに駆け寄ったのですか？

二人は花瓶を載せたテーブルの周りに集まったが、グレアムだけが飲み物のテーブルのそばに、所在なげにたたずんでいる。

ティナ　わたしたち、花瓶と花を片づけました。それから戻って……

コックリル　（ジュリーに）きみとバニーは、そこにいたのかね？

バニー　ええ、でも――なぜそんなことを訊くのかわかりませんわ。

ジュリー　（疲れ切り、苛立って）わたしたちにフリッツを殺せるはずがなかったってことよ、バニー。それだけよ。

コックリル　（ほかの人々に）では――再開しましょう。

レオ　ぼくはグラスを取り上げ、フリッツに渡しました――

グレアム　きみがわたしに手渡し、わたしがそれをフリッツに渡したんだ。

コックリル　あなたはどれくらいの間、それを手にしていましたか？

グレアム　ああ、それは……（と、グラスをやり取りする）これくらいです。

コックリル　記憶がよみがえったのですね、ミスター・フリア？

グレアム　ときどきね。そうだろう、ティナ？

レオ　（哀れむようにジュリーを見て）ジュリー……もう帰してやるわけにはいきませんか、警部？　彼女とバニーは関係ありません。

コックリル　まだです。しかし、おかけなさい、ジュリー。
ティナ　（レオナルドに）やけに容疑者を絞りたがるのね。
レオ　彼女もバニーも飲み物に手をつけなかった。そして、彼が飲んだのはそれだけだ。
ティナ　ただし……来る前に家で飲んでいなければね……？
コックリル　そう。それだったら説明がつく。
ジュリー　何がいいたいの、ママ？　わたしが殺したと？
ティナ　あら、まさか……
ジュリー　だったら――フリッツに飲み物を注いだのは、ただひとり――ママだといわせてもらうわ。
コックリル　母親を非難する気かね、ジュリー？
ジュリー　この人は最初、フリッツが自殺したんじゃないかといったわ。今度はわたしが殺したと責めた。そのわけを教えてほしいのよ。
ティナ　ジュリー――！
コックリル　まあまあ。ミセス・フリアー――このグラスは、洗ってしまわれたのですね？
ティナ　いったはずです。
コックリル　ああ、そうでしたな。夜中の一時に、彼は病院へ運ばれた。それからあなたは、落ち着き払って部屋を掃除し、グラスを洗った。
ティナ　人が来るとわかっていたものですから……

コックリル　それは部屋を調べるためなんですよ。特に、グラスを。
ティナ　そこまで気づかなかったのよ――
コックリル　ぶち猫のグラスは、この家にひとつだけしかないのですか？

ティナはここで初めて、本棚に隠したままのグラスのことを思い出す。グレアムをだました夜以降、ずっと忘れていたのだ。（観客はその後に、グレアムが見つけ出したのを見ている）彼女は怯えた視線をレオナルドと交わす。グラスの存在が明るみに出れば、グレアムは自分がだまされていたことを知り、あれこれ考え合わせ――というのも、まだ彼には頭がはっきりしているときがあるからだ――すべてを理解するだろう。

ティナ　だと思います。ええ――ひとつだけですわ。
グレアム　ああ、ティナ――もちろん、ひとつだけに決まってる。セットの中のひとつなんです、警部。それぞれに猫の絵がついている。〈ブランド〉で買ったんです。

コックリル、メモに何やら走り書きし、巡査部長に渡す。トロットは出ていくが、廊下で電話をかけている姿が見える。戻ってくると、別のメモを警部の前にあるメモの山の一番上に置く。

コックリル　ほかのは見当たらないようですが。
グレアム　割れてしまったのです。ティナがトレイを落としてね。わたしのぶち猫のだけが無事だった。ぶち猫のを覚えているでしょう、警部？
コックリル　ええ。
グレアム　きみはわざと落としたんだろう、ティナ。わたしのぶち猫のグラスを割ろうとして。
ティナ　そんな馬鹿げた話、少し悪趣味だわ。
コックリル　このようなグラスが家に持ち込まれたことはないのですね？
グレアム　ありえません。つまり……あのときを覚えているだろう、ティナ？　わたしがシェリーを飲んでいると思い込んでいたときだ……もしそこに、グラスが二つあったとしたら……あのときを覚えているだろう、ティナ？
ティナ　ええ、ええ、覚えてるわ。
グレアム　だったら、わたしがグラスが二つあるといったのも、覚えているだろう。そして、もしあったとしたら――きみはわたしをだましているということだ……
ティナ　まさか、グレアム、だますだなんて――わたしたちがそんなことをするはずがないわ。
グレアム　わたしたち？　ああ、そうだったな――あの晩はレオナルドがいたっけ！　よもや、きみとレオナルドが――わたしをだますとは思いも寄らなかった。
レオ　だますようなことなどありませんよ、グレアム。もちろん、ぼくたちがそんなことをするはずがない。

グレアム　そう願うよ。ねえ、ティナ——あれがトリックだとすれば！
ティナ　トリックなんかじゃないわ。二つ目のグラスなどなかった——そうでしょう、バニー、あなたなら知っているわよね？
バニー　ええ、洗いものは全部わたしがやっているもの。
コックリル　家にあるのは、このグラスがひとつだけ？
バニー　ええ、ひとつだけです。ぶち猫のは。
コックリル　わかりました。さて、ミセス・フリア——この件をはっきりさせてください。
ティナ　まあ、コッキー——何て怖い声！
コックリル　わたしは仕事で来ているもので……
ティナ　どうしてこんなに仰々しく話さなくてはいけないのかわからないわ。
ジュリー　お得意の色仕掛けは通用しないわよ、ママ。口をつぐんで、気分転換に演説を聞いたら。
ティナ　上等だわ——どうぞ、警部、〝お仕事〟をお続けになって。告発のための演説を聞きましょう。
グレアム　告発に至るような事件となれば、ティナ、笑い事じゃ済まされなくなるぞ。そうでしょう、警部？
コックリル　ええ——その通り。

グレアムはさりげなく、軽い態度で始める。あたかも、法廷で検察側の弁護士が陳述を行っているように。だが、まもなく、ここが法廷でないことを忘れてしまったようになる。

グレアム　起訴事実は、気の毒なフリッツィーの——そう、殺人です。起訴事実は、陪審員の皆さん——被告が——

ティナ　被告！　わたしが？　フリッツィーを殺したというの？

グレアム、〝殺した〟のあたりで割って入る。

グレアム　——被告がこの家に致死量の毒物を持ち込ませたことです。彼女はこの毒物を手に入れ、この毒物を使うチャンスがあった……

ティナ　コッキー！　やめさせて——

グレアム　……そしてのちに、この毒物が入っていたグラスを洗っています。起訴事実は、被害者のほかには、このグラスに何かを入れた人物は彼女だけだということです——

ティナ　（怯えて）なぜわたしがフリッツを殺さなくちゃならないの、なぜわたしが……？

グレアム　（明らかに、はるか遠くの法廷にいるかのように、それを無視して）起訴事実は……ここにひとりの女性がいます。まだ若く、魅力もありながら、身も心も病に蝕まれた男に縛《むしば》られている——

ティナ　（今度は彼女がそれを無視して）――実際、わたしはフリッツがあのグラスを取るのを止めようとしたのよ！

間。

グレアム　彼女は実際、フリッツがあのグラスを取るのを止めようとした。それはなぜか？
ティナ　なぜ？
グレアム　なぜか？　グラスに毒が入っているのを知っていたからだ。いずれにせよ――彼女がそれを入れたのだから――わたしに飲ませようとしてね。
レオ　警部――こんなのは聞くに堪えません。何もないところから話をでっち上げようとしている。何もかも、馬鹿げている……
グレアム　こいつは驚いた！　どうしたことだ……？　わたしは……法廷にいるとばかり思っていた。何だって、レオナルド？
レオ　何もかもが馬鹿げているといったんです……
グレアム　ああ、そうだ、もちろん馬鹿げている。それに、心配しなくてもいい、ティナ――証拠は何もない。
コックリル　そう思われますか？
レオ　証拠？――何の証拠です？

コックリル　あなたが自分で提出したじゃありませんか。あなたは――それに、ミセス・フリアも――この家に睡眠薬はないとおっしゃった。あなたがこの六本のアンプルを持ってくるまでは……

レオ　六本のアンプルには、手がつけられていません。

コックリルが合図すると、巡査部長が彼の前に、割れたガラスの破片などが載っているトレイを置く。トレイは、テーブルに置いたままにしておく。

コックリル　なるほど。では、これは何です？

ティナ　いったい――？

コックリル　これは、壊れた花瓶のかけらです。しかしこれは？――それに、これは？

ティナ　（怯えて）ごみ箱に……？

コックリル　ごみ箱に捨ててありました。アンプルの破片です。

ティナ　（非常な恐怖に駆られて）レオ！

レオ　大丈夫だよ、ティナ……説明はつく。本当のことだけをいえばいい。

ティナ　だめ！――だめよ！――レオ……

レオ　ぼくたちは、後ろ暗いことは何もしていない……

コックリル　何をしたのか、聞かせてください。

レオ　ティナ、何もないんだ。説明はつく。警部……警部、いいですか――あなたはグレアム・フリアのことをご存じでしょう。彼は体調が思わしくなく、ぼくたちはできる限りのことをしました……

グレアム　ああ、そうとも！――できる限りのことをしてくれた。

レオ　……しかし、あまり効果は見られなかった……

グレアム　ああ、それは本当だ、レオ。あまり効果は見られなかった――きみが期待したような効果はね……

レオ　そこで――話し合いが必要だと考えたのです。

ティナ　（彼の意図を察する。ここから先、彼女とレオは即興で話を作る）そうよ。なぜなら、フリッツとジュリーが来ることになっていたから……

レオ　フリッツは彼の担当医でした。

ティナ　そう、二人はずっと離れたところにいて、長いこと会っていなかったから、話し合わなければならなかったの。そして、グレアムの前で話すわけにはいかなかった……

レオ　そこで、ぼくたちは――このことを思いついたのです。一回分を彼の酒に入れるだけなら、全く無害です。夜、ほんの少し早く眠気がやってきて、ベッドに向かうだけで。

グレアム　何てことだ！――じゃあ、これまでのもみんな……

ティナ　これまでにはなかったわ。

グレアム　早く眠くなって、ベッドに行ったのは……

レオ　こんなことをしたのは一度もありませんよ、グレアム。フリッツもジュリーもいないのだから……

グレアム　ああ、なるほど。てっきり、きみとティナが、いつでもこんな――トリックを使っていたと思ったものでね。

コックリル　フリッツ・ハートとジュリーは、このことを知っていたのですか？

ジュリー　もちろん知らないわ。そんなことには賛成できないもの！

ティナ　電話で訊こうとしたのよ――彼らに電話しているといったわよね、グレアム。でも、ちょうど出かけた後だったの。

グレアム　おや、彼らに電話していたのか？　たった今、それは嘘で、レオナルドに電話していたといったじゃないか。

ティナ　それは――何ていうか――

コックリル　ミセス・フリア――あなたがこの――一回分の薬を――あのジンのグラスに入れたのですか？

ティナ　そうです。それは認めます。

コックリル　その後、アンプルを割り、捨てた？

ティナ　ひとつだけよ、コッキー。見つかったのはひとつだけでしょう？

コックリル　そしてグラスを洗った？　〝何も考えずに？〟

ティナ　フリッツがあんなふうに死にかけていたのよ――説明なんてできないわ……

コックリル　今ではもっと説明が難しくなりましたな。
ティナ　どういうこと？　まさか……？　どうかしてる、頭がおかしいわ。わたしがするはずがないでしょう。フリッツを殺したりはしないわ。決して――誰かを殺そうなんて思わない。何もかもが、大きな間違いなのよ。事故なのか、自殺なのか、どういうことなのか……
コックリル　これは、事故でも自殺でもありません。
ティナ　でも、なぜわたしが？　なぜわたしが？
コックリル　あなたは証拠を隠滅した。あなたはグラスを洗い、グラスに何かを入れたことを認めた。そして、あなたのほかに、それに触れた者はいない。
ティナ　一回分、わたしが入れたのは一回分だけよ……
コックリル　（箱を持ち上げて）ここにある六つのアンプルは、空になっています。そしてあなたが、バージ先生にこれを持ってくるようにいったのですよ。
ティナ　ええ、でもわたしは――（と、言葉を切る。なぜなら、彼女はそのアンプルを、まさに今告発されている行為に使おうとしていたからだ）
グレアム　復讐の女神につかまったな、ティナ。
コックリル　（鋭く）どういう意味です？
グレアム　あなたは、ティナが殺人犯に間違いないと思われますか？
ティナ　（怯えて）絶対に殺人なんかしていないわ。絶対に。レオナルド、お願いだから何かいって。この罠からわたしを救い出して……

グレアム　シーッ、ティナ。きみは墓穴を――（明らかに「墓穴を掘る」といおうとしている）きみは誤った印象を与えようとしている。いっただろう――証拠はないと。

コックリル　証拠がない？

グレアム　彼女はグラスを手にした唯一の人間ではないということです。わたしもそれを手にしました。

レオ　ぼくもです。

コックリル　ほんの一瞬でしょう。たった今、見せてもらったように。

レオ　ぼくは二度、グラスを手にしました。一度はティナから受け取ったとき、もう一度は、フリッツに渡したときです。

コックリル　いずれもほんの一瞬です。ミスター・フリア――あなたは畳んだ新聞を放り投げましたね――？

グレアム　子どもじみたことです。しかし、最近のわたしは子どもじみていましてね。

コックリル　狙った通りの結果にはならなかった？

　グレアムは鈍そうな笑みを浮かべ、レオとティナのほうを向く。まるで〝さあ――どうかな？〟といった表情で。

コックリル　いずれにせよ――それで注意がそらされたわけですね？

グレアム　ええ、レオナルドは花瓶を倒すまいとあわてて前に出て、ティナがそのすぐ後についていって……

コックリル　グレアムを、テーブルのそばに放っておいたまま？

ティナ　ええ、そう、その通りよ！　だから、コッキー、誰でもグラスに何かを入れることができたわ。わたしでなくても、誰だって……

グレアム　ただし、ティナ――誰もやらなかったんだ。わたしはテーブルを離れなかった。ずっとここにいたが、誰も、何もグラスには入れなかった。誰もテーブルには近づかなかった……さて、警部――ちょっと二階に行ってもいいでしょうか？

コックリル　何をしに？

グレアム　ちょっと催したものでね。

コックリル　ああ、失礼、結構です――どうぞ。

彼がその場を立ち去った――わざと席を外した――すきに（観客は廊下に彼の影を見るかもしれない。妻たちが思った通りの台詞を口にするのに、満足げに耳を傾けているのを）、レオナルドが熱心に進み出る。

レオ　警部――彼が席を外してくれてよかった！――いいですか、警部、何もかも自然に解決しますよ……

ティナ　グレアムなのよ！（彼女とレオは無実になるか殺人罪になるかの岐路に立たされており、これで問題は解決すると信じている。二人は大いに安堵している）

レオ　そうなんです——彼はテーブルを離れませんでした。彼は新聞を放り——何てことだ！——もちろん、新聞を放ったのは、注意をそらすためです……

コックリル　なぜあの青年を殺そうとしたんです？

レオ　（考え込むように）思うに……フリッツを殺す気はなかったのでしょう。彼は……自殺をほのめかしていました……

ティナ　自殺！　そうよ。いったわよね、ジュリー、いったでしょう……

ジュリー　いつだって、あの人のことをあれこれいってたわ。

バニー　でも、それで説明がつくかもしれないわ。

レオ　それに、彼はひどく——落ち着きがなかった。変でした。ですから、変わった方法を使っても不思議ではありません。薬瓶を元に戻し、ぼくたち全員の前で自殺しても——あるいは、しようとしたとしても。

ティナ　彼はそこから（と、椅子を指す）レオナルドの鞄を廊下へ持っていったのよ。そのときに中身を見たんだわ。そして、それを手にした。ここへ持ってきて、わたしたちの注意をそらし、自分のグラスに入れた——

レオ　自分のグラスに入れたんですよ、警部！

ティナ　特別なグラスなの。ぶち猫が描いてある。彼はそのグラスに薬を入れたのよ——自分で。

間。

コックリル　そして、それを落ち着き払ってドクター・ハートに手渡したと？

レオ　いいえ、ぼくがフリッツに飲ませたのです。

コックリル　あなたが？　なぜ？

レオ　それは——ある意味、無理やり押しつけたのです……グレアムは、ぼくのいうことなら何でも聞きますから。

コックリル　つまり、薬の入った飲み物を、フリッツ・ハートに飲ませたとおっしゃるんですね？　どうしてです？

レオ　それは……一種の——冗談だったのです、警部。ミセス・フリアに対しての。

ティナ　レオ！

（ティナは、レオが何をいおうとしているのかわからない。ここで言及されようとしているのは、もちろんティナがグレアムに〝自殺〟できるだけの薬を与えようとしたことだ——あるいは次善の策として、少量の薬を飲ませ、その間にレオを説得して〝自殺〟の計画に引き入れることだった。実際にはレオはティナの裏をかき、薬の入ったグラスをグレアムからフリッツに渡すことで、一時の満足を得た。明らかに、彼は本当の理由をコックリル

には告げられない）

レオ　この薬の件には、本当は反対だったのです。いいたくはなかったのですが……やれといったのはティナです。そうだろう、ティナ？

ティナ　そうだろう？

レオ　（険悪に）ぼくは、グレアムに――睡眠薬を与えるのを止めさせようとしたか、しなかったか？　（はっきりと）もちろん――一回分のことですよ。

ティナ　（むっとしながらも、あからさまな脅しに恐れをなして）止めさせようとしたわ。

レオ　でも、きみは強行した？

ティナ　ええ。

レオ　それで――彼女に思い知らせるため、ぼくは――そう、グラスがフリッツに渡るように仕向けたのです。これで合点が行ったでしょう。ティナ、わかったかい？

ティナ　ええ――わかったわ。

レオ　ぼくがフリッツィーに危害を加えるはずがありません。もちろん、ぼくは知りませんでした――そう、本当に知らなかったんです――グラスに薬物が入っていたなんて。

コックリル　しかし、ミスター・フリアはご存じだったのでしょう？　そして――致死量の睡眠薬が入っていると知りながら――それをフリッツ・ハートに与えたと？

レオ　いいですか！　彼は自分の行動に責任が取れないんです！　それなら、ちゃんと筋が通る

――そうだろう、ティナ？

ティナ　ご自分の目でご覧になったでしょう――ひどく理性的だったと思えば、まるで子供みたいになって。

ジュリー　でも、思いやりを忘れたことはなかったわ。それほど冷酷になったことだって。

ティナ　あなたは昔のことをいってるのよ、ジュリー。あの人は変わってしまったわ。

ジュリー　彼がフリッツを見殺しにするはずがないわ。

ティナ　（内心、自分が真相と考えていることに激しく怯える。ティナもまた、この殺人に罪がないからだ）ああ、ジュリー、口答えしないで。これで何もかも説明できるとわからないの……？

ジュリー　自分に迷惑がかからない範囲でね――

ティナ　誰にも迷惑はかからないわ。これなら、誰も困らない。グレアムは――罪に問われないわ。彼は正気を失っているし、フリッツを殺す気もなかった……

ジュリー　信じられない――わたしは信じないわ。あの人がフリッツに危害を加えたなんて。

レオ　フリッツに危害を加えるつもりはなかったんだ、ジュリー。グレアムもそのことは知っている。そのつもりでないことは。あれは彼が自分で用意したんだ。自分を眠りにつかせるために――「真夜中に生を終える」ために――

グレアム、入ってくる。彼は詩を暗誦《あんしょう》しながらゆっくりと警部の前を通って、テーブルの前で立ち止まり、割れたグラスを含む証拠品の載ったトレイを見下ろす。

グレアム
「真夜中に生を終える。
……何度となく
わたしは安らかな死に半ばあこがれ
思いを綴《つづ》る詩の中で優しく呼びかける
静かなこの息を虚空へ奪いゆけと
今や、死はこの上なく豊かなものに思われる
苦しむことなく、真夜中に生を終えることは……」
ああ、やっぱりぶち猫のグラスを割っていたんだな！
コックリル　（鋭く）何ですって？
グレアム　（トレイを指して）ここに破片があります。これは壊れた花瓶……だが、ここに尻尾がある——それにこれは、ぶちのある胸だ。
コックリル　巡査部長？
トロット　グラスはありました。そこに——メモが。

コックリル、出入りする警察官が目の前に積み上げていったメモをかき分ける……そして、長い時間をかけて読む。

コックリル　バージ先生。
レオ　誰――ぼくですか？
コックリル　十一月十五日、あなたはメサーズで買い物をしましたね。ハイ・ストリートの〈ブランド〉で、三十シリングのカクテルグラスセットを。グラスは六つで、それぞれに別の猫の絵が描かれている。黒猫、白猫、赤毛、トラ猫、縞猫――ぶち猫。
グレアム　何てこった！――グラスは二つあったのか。
ティナ　グレアム！――違うのよ！
グレアム　だが、その日は――
コックリル　バージ先生――いかがです？
レオ　（ゆっくりと）こうお考えなのですか――ゆうべ――ぼくが二つ目のグラスをここへ持ち込んだと……？
ティナ　（ぞっとしたように、グレアムを見つめて）以前は、ここにはなかったわ。
コックリル　あなたは店員に口止めしましたね？
レオ　贈り物にと思って買ったもので。
コックリル　誰への？
レオ　結局、誰にも贈りませんでした。
コックリル　今、どこにあるのです？

レオ　家に——しまってあります。

コックリル　手つかずのまま？

レオ　と、思います。

コックリル　（観念して）つまり——ぶち猫のグラスは無傷なのかと訊いているのです。

レオ　ぶち猫のグラスは——よくご存じの通り——あなたの目の前にあります。トレイの上の破片です。どうしてそこにあるのか、ぼくにはわかりません。

ティナ　レオナルド！

グレアム　十一月十五日、ティナ、その日は——

ティナ　ここにはグラスはひとつしかないわ。

レオ　ティナ——きみにはこれが何を意味するかわからないんだ。二つ目のグラスがあったんだぞ！　警部、きわめて簡単なことじゃありませんか。ティナ、実に簡単なことだ。グレアムは——そう、彼は最近、ひどく感情的になっていた。このグラスを重要視するあまり、それが割れるのをとても恐れていた。それでぼくは——替えのグラスを用意して……

グレアム　なるほど。それであの日、ティナ、とうとうわたしに、自分の頭がおかしくなったと確信させたわけか……？

ティナ　あなたは何もかも誤解しているわ、レオナルド、替えのグラスを買ったとしても、ここには持ってきていないじゃないの。彼はグラスを持ってきた、バニー？

バニー　わたしは見ていないわ。

コックリル　グラスを持ってくるのなら——どうしてひと揃い持ってこないんです?
レオ　ここにあるからです。
コックリル　しかし、ほかのは割れている。
レオ　それは知りませんでした。
バニー　あら、バージ先生、ご存じのはずよ。あのとき、ここにいたじゃないの。
レオ　ティナ——彼のいいたいことはわかるだろう。ゆうべ、ぼくがグラスを持ってきたとすれば、理由はひとつしかない。
グレアム　(ぞっとするような悪意とともに)きみがわたしをだましたとすればね、ティナ——!
ティナ　グラスはひとつしかなかったわ。
レオ　嘘だ。
コックリル　どうしてミセス・フリアが嘘をつかなくてはならないのです?
ティナ　わかったでしょう、レオナルド——あなたには答えられない。
レオ　いいや、答えられるさ。ぼくが何をいっても……そして、そのために——きみがぼくの味方になってくれなくても……上等じゃないか、ティナ。グラスはなかったんだ。今夜までは。今夜、ぼくは二つ目のグラスを持ってきた——致死量の睡眠薬を仕込んだものを。ぼくは——いいかい——グラスを、この額の後ろに隠した。もうひとつのグラスを巡って、あんな茶番をやってみせたが、使われたのはそのグラスじゃない。そのグラスは、花瓶が割れたときにぼくが壊し、破片は花瓶のかけらと一緒に処分した。それから戻ってきて、用意しておいたグラスをグレアムに差し出したんだ。これは警部が乗り出すべき事件だ、ティナ。彼を見てごらん――それを否定していない。そしてきみが、この家にはずっと二つ目のグラスがあったことを――あそこの本棚に隠してあることを認めない限り……

ティナ　できっこないわ、レオ。わかっているじゃない。

レオ　くそっ――あの本棚だ！

彼は引きとめようとするティナを振り切り、本棚に向かう。そのときには、グラスはすでにそこになく、なぜか割れてトレイに載っていることを失念している。ティナもそのことを忘れていて、彼がしようとしていることを察し、本棚に駆け寄る。彼女はもどかしげに本棚の扉を開ける。二人、声もなく中を見る。

コックリル　グラスはここにあるんですよ――トレイの上で、粉々になって。

レオ　（打ちのめされて）ええ。忘れていました。でも……グラスの跡はあります。ずっとそこにあったように、ほこりの中に輪ができている……

ティナ、さっと前へ出て、片方の腕でその痕跡を消し去る。

ティナ　跡なんかないわ。

コックリル　どれどれ。
レオ　もう結構です。今では、跡はなくなってしまった。いいだろう、ティナ。きみはぼくを守ってくれないらしい。これからは――自分の身は自分で守ることだ。なぜなら――ぼくがグレアムを殺そうとしたのなら――動機は何だと思う？　それはただひとつ、ぼくたちが恋人同士だということだ。きみとぼくが、何年も前からの……
ティナ　レオ――頭がどうかしてしまったの？　嘘ですわ、警部。グレアム、そんなの嘘よ。
レオ　ぼくが責められるなら、きみも同罪だ、ティナ。こっちへ来て、恋人とともに被告席に立つといい。ぼくらは殺人罪に問われているんだ。それも初めてじゃない。そして、今度ばかりは、言い逃れはできないだろう……

レオ、ティナの腕を取り、抗う彼女を隣に立たせる。まるで、被告席に並んでいるかのように。部屋にいる人々の位置がおのずと変わり、殺人事件の裁判を模したかのようになる。コックリルは裁判官の位置に、事務官や廷吏《ていり》は警察官が務める。レオとティナは少し離れて、〈被告席〉にいる。グレアムはふたたび遠ざかり、まもなく立ち上がって、彼女のために反対尋問を行う弁護士となる。ジュリーとバニーは、陪審員の位置につく――おそらく、そのつながりで行くと、観客もまた陪審員の一部となる。

ティナ　レオ、お願いだから、何をするつもりなの？

コックリル　このことについて供述をなさるおつもりですか、バージ先生？

レオ　供述！——そう、そうです。供述をしようとしているんだ。さあ、刑事さん、これを書き留めておいてください。書いて——書いて——書いておけば——証拠として使えるかもしれない。わかってる。わかってる……

ティナ　コッキー、彼が何といおうと本気にしてはだめよ。審理のときにいたでしょう。何があったか、知っているはずよ……

レオ　ああ、そうとも、何があったかこの人は知っている。何でも知っているんだ……そして、今また同じことが起こったんです、警部。今度は新しいやり方でね。犠牲者を脅して自殺に追い込み、グラスをすり替え、そして——そして、この悪女の人生に、またしても悲劇が訪れる！　それから、またしても幸せな結末が訪れる！——哀れな未亡人は、お人よしで、金持ちで、上り調子の三人目を見つけるというわけです！

ティナ　でたらめよ。

レオ　じゃあ、何が本当なのか、彼らに教えてやったらどうだ。できっこない。そうなったら、怖いのはグレアムだ。ぼくはきみを責められない。もしも——グレアムに——知られたら……だから、ぼくを絞首台に送ろうとしているんだ。だが、ひとりで行くものか。そして、きみが処刑されるときには、ティナ、ぼくも一緒だ。なぜならぼくは、喜んで死ねるからだ。喜んで死ぬだろう……

グレアムはふたたび、キーツの詩の一節を暗誦しはじめる。立ち上がり、ガウンの前襟をつかむしぐさは、あたかも法衣に身を包み、〈法廷〉の人々を前にしているかのようだ。

グレアム　死！「苦しむことなく、真夜中に生を終えることは。おまえが心のうちを広く述べる間に……」さてさて、レオナルド、きみはどうやら「心のうちを広く述べ」たようだな……

コックリル　バージ先生——

グレアム　待ってくれ、コッキー。待ってください、裁判長！　お聞きになりましたね、裁判長。陪審員の皆さんもお聞きでしょう——

コックリル　ミスター・フリア——どうか！

グレアム　裁判長——わたしはこの女被告人の代弁をしているのです……

コックリル　ミセス・フリアを弁護したいと？（しばし考え込む。何といっても、この狂人はかつては優秀な法廷弁護士だったのだ。世迷言《よまいごと》の中から、何か得るものがあるかもしれない）ええ——わかりました、ミスター・フリア。続けてください。

グレアム　（裁判官の言葉遣いを教えるように）反対尋問を始めてください、ミスター・フリア。

コックリル　わかった、わかりましたよ。反対尋問を始めてください。

グレアム　では（と、不意にレオのほうを向き）、あなたは彼女と恋人同士だった——そういいましたね？

レオ　ええ。

グレアム　そして、最初の夫を共謀して殺したと？
レオ　ええ。
グレアム　それで、結婚したのですか？
レオ　いいえ、していません。
グレアム　していない。なぜなら、ひどく奇妙なことに――彼女は別の男性と結婚したからです！　そこで――あなた方は共謀して、二番目の夫を殺害しようとしたのですね？
レオ　ええ。
グレアム　そして、二番目の夫は亡くなったのですか？
レオ　いいえ。二番目の夫は亡くなっていません。
グレアム　この女性はあなたを愛するあまり、最初の夫を殺して、あなたと一緒になろうとした――ところが、別の人物と結婚した。そして今もあなたを愛していて、二番目の夫を殺すために共謀した――ところが、二番目の夫はぴんぴんしている？

レオ、黙り込む。

グレアム　（続けて）グラスがずっとここにあったのは、あなたのやったことですか？
レオ　ええ。
グレアム　そして、彼女に味方になれといった？

レオ　はい、いいました。

グレアム　そして、彼女がそれに従わないと――脅したのではありませんか？　すべてを暴露し、道連れにすると？

レオ　ええ――道連れにするでしょうね。

グレアム　しかし、ここへきて彼女が味方になれば――話を取り消すつもりなのでしょう？　そして、それはできないことではない――取り消せるようになっている。必要とあれば、粉々に破壊することができる。そして、わたしがやろうとしているのはそれだ――粉々に破壊することだ。この女性は、あなたを少しも愛していなかった。

レオ、黙り込む。

グレアム　（続けて）彼女と出会ったのは、最初の夫が病気になったときでしたね？

レオ　ええ。

グレアム　そして、彼女と恋に落ちた？

レオ　ええ。

グレアム　そして、そこで〝事故〟すなわち〝取り違え〟があり――夫は死んだ？　あなたは仕事でここを離れなくてはならなかった。だが、戻ってきた――？

レオ　戻ってこなくてはならなかったのです。ここで開業しているので。

グレアム　――そして、また彼女を探した？
レオ　会わずにはいられなかった。
グレアム　彼女の夫は仕事も順調で、何もかもうまくいっていた。彼女は幸福な結婚生活を送っていた……？
レオ　（皮肉に）ああ、もちろん――申し分なく幸せだったでしょうね！
グレアム　しかし、あなたが帰ってきてから――かげりがさしてきた？　新しい遊び仲間が頻繁に出入りするようになり、家に酒が増えはじめた！　そしてある種の――オーラが――夫の周りに立ち上ってきた。哀れなグレアムはふたたび飲みはじめ、またしても坂を転がりはじめた。絶望し、ふさぎこみ、自殺願望が募り……そして十一月のある日、あなたは――こっそり――外出し、グラスを買ったのですね？
レオ　そうだとしても――彼女もそれを知っていました。
グレアム　しかしわたしは、彼女は知らなかったといいましょう。彼女は何も知らなかった。家族全員が、あなたを快く迎え入れていた――
レオ　（またしても皮肉に）何ですって、哀れなティナが――ぼくのひそかな想いに気づきもしなかったと？――
バニー　ほら、ティナおばちゃん、わたしのいった通りでしょう。
レオ　ぼくが――彼女のために――人を殺したとは、夢にも思わなかったと！
グレアム　二度もね。

レオ　殺人――二度も！　いいですか、グレアム、話は聞きました。あなたのいったように、陪審員は模範的な辛抱強さで、あなたのくだらない長話に耳を傾けてきました。実に上手で、巧みなお話です。しかし、ティナを助け、ぼくを殺人のかどで有罪にするのがあなたの狙いなら――気の毒だが、できるかどうかは怪しいものだ。なぜなら、ぼくが自白しない限り、第一の殺人には証拠はない。そして、第二の殺人に関していえば――被害者はまだ生きている。

グレアム　被害者がまだ生きていると、誰がいいました？

長い間。

レオ　フリッツ？

グレアム　ほう――「フリッツ!?」とはね。ジョージが死んだとき、フリッツはそこにいた――そうでしたね、レオナルド。そしてフリッツは、間抜けでお人好しなイギリス人ではない。フリッツなら容易に、その「ひそかな想い」に気づいていたでしょう。それは、彼には関係のないことだった。フリッツにとって、あなたは頼りになる人だから、彼は口を閉ざしていた……ところが――突如、彼自身もかかわりを持つことになったのです。フリッツはこの家の一員と結婚することになり、若妻にいつ口を滑らせるかわからない状況になった！　そして、その通りになってしまった！――ゆうべ……ゆうべ、彼女は何といった？　ゆうべ、この部屋で、彼に何といった？――「家でいってることとは大違い」と彼女はいいました。「家じゃ――バージ先生がわたしの父を殺したといってるじゃないの」と。

ジュリー　（泣きながら）そんなつもりじゃなかったの……彼はただ……

グレアム　（勢いづいて）事故！　何ということだ――事故ですって！　あたかも、彼が飲むのを阻止できなかったといわんばかりだ――腕をひと振りすれば、グラスはひっくり返るじゃないか。（コックリルに）彼は計画を変更した、それだけのことです。最初はわたしだった――ああ、そうだ！――最初の夫を殺したように、わたしを殺して厄介払いしようとしたのです。しかし、彼は時が来るのを待っていた。そしてその間に、別の危険が持ち上がった。そこで――彼はそっくり同じグラスを用意していた――いつか使うために。わたしに対してね。そしてゆうべ、彼は毒薬を購入し、用意したグラスに入れてここへ持ってきた――ゆうべ、彼が来たときのことを覚えているでしょう。手に帽子を持って？――彼はそれを置いた――ここに……

グレアム、前の晩にレオが部屋に入ってきたようにやってくる。空想の帽子に、空想のグラスを隠し持って。彼はグラスを、テーブルの上の写真額の後ろに置く。

グレアム　……そして、時が来ると、グラスは青年に押しつけられた。彼は自分の口からそういいました。彼はあなたに、フリッツにグラスを「無理やり押しつけた」といいましたね。奇術師が決まったカードを引かせるように。〝誤って〟――青年はグラスを手にした――そして、そのグラスは、わたしが用意したものだといったのです。かわいそうな、頭のおかしい、自殺志願者のわたしがね。それで、われわれの息の根を止めるつもりだったのです。ひとつのグラスで二人の——役に立たない亭主と、知りすぎてしまった若者の。

ティナはこの間ずっと、レオナルドの横に立っている。そこへグレアムが近づき、彼女の腕を取って引き離す。レオナルドはひとりになる。

コックリル　どうなんです、バージ先生？

レオ　まったくのでたらめです。フリッツは何も知りません。ただ、ぼくの過失でジョージを死なせたといいたかったのでしょう。

コックリル　あなたはこのグラスを買った——ひそかに。そしてこの毒物を買った——ひそかに。バージ先生——ここでは、これ以上質問をしないのが一番でしょうな……

レオ　好きなだけ質問してくださって構いませんよ。ぼくがゆうべ、車の中で薬物を二つ目のグラスに移したか？　いいえ。それからここへ、こっそり持ち込んだか？　いいえ。やっていないといったでしょう。箱を開けもしませんでした。

コックリルが手を伸ばすと、巡査部長がレオの運転用手袋を差し出す。

コックリル　バージ先生——あなたの手袋ですか？

レオ　ぼくの——？　ええ——ぼくの手袋です。
コックリル　あなたのコートのポケットに入っていました。
レオ　（バニーを指して）彼女がゆうべ、廊下でぼくのものを受け取ったときに、そこへ入れておいてくれたのです。
コックリル　それから、手袋ははめていない？
レオ　この家を出ませんでしたから。フリッツの具合が悪くなって……
コックリル　では、指先が少し汚れているのに気づかなかったのですね？
レオ　汚れてる？　つまり——何てこった！——
コックリル　この箱の色が移っているのです——紫がかったしみがある。
レオ　でも、それが何か……？
コックリル　アンプルを空にした人物は——この手袋をはめていたということです。

ティナとレオナルドには大いにひらめくものがある。ジュリーとバニーも同様。

レオ　（グレアムに向かって）あなただ！　あ、あ、あ、あなただ！
ティナ　グレアム！

グレアムは初めて、完全にうろたえる。

グレアム　（口ごもりながら）わたしが？　なぜわたしが、きみの手袋をはめなければならないんだ？

レオ　しかし、彼は手袋をしていた。ぼくはゆうべここへ来てから、一度もしていません。でも、彼はしていた……

ティナ　あなたはしていたわ、グレアム！　何てこと――あなたが！――あなたがフリッツを殺したのね。事故ではなく、殺したんだわ……

グレアム　どうしてわたしが、フリッツを殺さなければならないんだ？

レオ　なぜなら、ぼくにその罪を着せるためです。あなたは悪魔だ。ずるがしこい、汚い悪魔だ……彼はゆうべ、この手袋をしていたんです、警部。ぼくの手袋をはめ、アンプルを空にしたのは彼です。彼はゆうべ、ぼくのコートと手袋を身につけ、この部屋にやってきました――

コックリル　コートと手袋を身につけて？

ティナ　そうよ、警部、そう、この人が……

コックリル　なぜ？

グレアム　そう――なぜ？　なぜなんだ？　この部屋に――レオナルドのコートを着て？　いったいどうして、そんなことをしなければならないんです？　ジュリー！　ジュリー、おまえなら、それを裏づけてくれるだろう――

ジュリー、何かいいかけてやめる。彼はそこに希望を見出す。

グレアム （続けて）――どうしてわたしが、レオナルドの服を着てここに来なければならないんです？　何かのお芝居かな、え、ティナ？――え、レオナルド？――彼の服を着て、おかしなダンスでも踊ったか？　かわいそうな、頭のおかしいグレアムが、レオナルドの服を着て歌い、踊ったと。

レオ 「かわいそうな、頭のおかしいグレアム！」とはね。あなたはずるがしこく、巧妙な、汚い悪魔ですよ……これがあなたの仕返しというわけですか？

グレアム 仕返し？　何の仕返しだね？　きみはティナの夫を殺した。だが、ティナと結婚したのはわたしだ――わたしが何の復讐をする？　きみはジュリーの父親を殺した――だが、彼はわたしとは何の関係もない――

レオ ジュリー、きみもその場にいて、彼を見ただろう――

グレアム ……復讐するとすれば、ジュリーだ。

コックリル どうだね、ジュリー？

グレアム おまえだよ、ジュリー。復讐するのはおまえだ。

コックリル ジュリー！

ジュリー （ゆっくりと、グレアムを指し示しながら）どうしてこの人が、バージ先生のコートと手袋を身につけなくてはならないんです？

ティナ　ジュリー！　あなた、彼がそれを着ているのを見たじゃないの――
コックリル　生死にかかわる問題だ、ジュリー。もしも、バージ先生がこの手袋をはめた最後の人物なら――彼がフリッツを殺したことになる。きみの夫を殺したことになる。
ジュリー　ええ。わかっています。
コックリル　バージ先生は、最後に手袋をはめたのはミスター・フリアだといっている。きみのお母さんも同じだ。そして、きみも彼を見ている。
ジュリー　どうしてこの人が、バージ先生のコートと手袋を身につけなくてはならないの？
ティナ　彼は頭がおかしいのよ、コッキー、そういう子供じみたことをするの……
ジュリー　彼の話を聞いたでしょう。どう思われました――子供じみていますか？
コックリル　ジュリー、このことはいずれ宣誓の上で証言しなくてはならないんだぞ。きみは、義理の父親が手袋をしているのを見たのか、見なかったのか？
ジュリー　いいえ。見ませんでした。
コックリル　つまり、彼は手袋をしていなかったんだね？
ジュリー　ええ。していませんでした。
コックリル　母親は、手袋をしていたといっているが……
ジュリー　母は嘘をついているんです。
ティナ　どうしてわたしが嘘を……？
ジュリー　バージ先生を助けるためですわ。

レオ　警部、嘘をついているのは彼女のほうです。彼女はぼくに父親を殺されたと思い込み、復讐をしようとしているんだ。バニー！　バニー、きみは見ただろう。この部屋で……

グレアム　どうだい、バニー？　ティナは見たといった。ジュリーは見ていないといった。きみの言葉で決まるんだよ。

ティナ　この子は本当のことをいってくれるわ。何の思惑もないもの……

レオ　彼を見ただろう、バニー、おかしな真似をしているのを。きみが……バニー！——きみが彼からコートを受け取ったんじゃないか。きみが手袋をポケットに入れ、廊下へ持っていった。

コックリル　（メモを見ながら）そうだ。たった今、きみはそういった。そのときに、彼の鞄に鍵がついたままなのに気づいたといったね。

バニー　ええ、そう——そうです。

コックリル　本当に、ミスター・フリアからコートを受け取ったのですか？

バニー　ええ、受け取りました。（グレアムとジュリーに）わたしは、本当のことしかいえないわ。

コックリル、〝これで決まった〟というしぐさをする。レオナルドは安堵のあまり気分が悪くなったように、両手を顔に当てる。ティナはバニーとレオナルドに駆け寄る。

ティナ　ああ、バニー！——ありがとう！　本当にありがとう！　あなたが彼を救ってくれたのよ。レオ、この子があなたを救ってくれたのよ。ありがたいわ、レオ、この子があなたを救ってくれた……

バニー　（ゆっくりと）どうしてこの人を〝レオ〟と呼ぶの、ティナおばさん？　これまで一度だって……（彼をそう呼んだことはなかった）ティナおばさん——この人を愛称で呼んでいるのね——二人だけの呼び名があるのね。全部本当だったんだわ！　この人とは——ずっと前から恋人同士だった！　全部本当だったんだわ！

コックリル　後で宣誓の上、証言してくれるね——？

バニー　（ゆっくりと）でも、あれはもっと前のことでしたわ、警部。お酒を注ぐ前のことでした。

コックリル　前だったとは？

バニー　わたしが手袋を受け取ったのは。あれはバージ先生が着いたときでした。彼は鞄を椅子に——あそこに——置き、オーバーと手袋も置きました。ミスター・フリアがそれを取り上げました。わたしは彼からそれを受け取り——あなたがいったように——廊下へ持っていきました。

ティナ　（焦って）バニー——どっちにしても——グレアムは廊下にいたわ。彼はそれから薬物を盗み、手袋にしみをつけた。そして手袋をしたままここへ来た。あなたはそれを受け取って……

コックリル　ミスター・フリアがその後、手袋をしているのを見たかね？

バニー　いいえ。

コックリル　手袋はしていなかった？

バニー　ええ。

コックリル　誓えるかね？

バニー　ええ。誓えます。

コックリル　バージ先生——差し支えなければ……

二人の警察官がレオに近づくが、手は触れない——厳密には容疑者ではなく〝詳しく事情を聞くため警察に同行を願っている〟にすぎないからだ。彼はそこで逮捕され、のちに有罪になるのは間違いない。

背後でささやかなごたごたが起こっている間、グレアムはバニーに、おどけたように一礼する。

グレアム　ありがとう、バニー！

バニー　わたしに話しかけないで！

グレアム　しかし……？

バニー　あなたは狂人よ。でも、彼女はそうじゃない。そして今度こそ……

バニー、言葉を切り、泣き出す。ジュリーがその身体に腕を回す。

ジュリー　いらっしゃい、バニー。

バニーとジュリー、出ていく。

ティナ　レオ！　警部――こんなふうに彼を連れていくことはできないはずよ。彼は無実だわ。フリッツを殺すなんてとんでもない……
グレアム　自分が助かるためには、恋人の心配などしなかったじゃないか。
ティナ　この狂人、この殺人者！　レオ！――わたしをひとりにしないで、この人と二人きりにしないで。警部、この人は正気じゃないわ。フリッツを殺したのよ。彼と二人きりにしないで……そう――そう、グラスはずっと前からここにあったのよ。白状するわ。レオがゆうべ、持ってきたんじゃないのよ……

コックリル、それを無視して、淡々とレオナルドを連れていく手配をする。

ティナ　……いいわ、だったら、わたしも告発してちょうだい。わたしも連れていって。彼と一緒に、ここへ置いていかないで。連れていって……レオ、レオ、わたしも一緒に行く。あなたともに死ぬわ……

コックリル　（静かに）ご主人と一緒にここにいることですな、ミセス・フリア。ほかにすべきことはありません。

レオ　（戸口で、悪意に満ちた、まったく違う口調で）そうとも。グレアムと一緒にここにいることだ、ティナ。ほかにすべきことはない。

レオとコックリル、警察官とともに出ていく。

ティナとグレアム、二人きりで残される。ティナはグレアムを、恐怖と嫌悪の入り混じった表情で見つめる。これからの一生をともにしなければならない男を。

ティナ　行ってしまったわ。

グレアム　ああ。そして、きみとわたしが残った。

ティナ　彼は絞首刑になるわ。

グレアム、あいまいに肩をすくめる。そうなるかもしれないし——ならないかもしれない。

ティナ　彼は殺される！　殺されるわ！

グレアム　涙は自分のために取っておくんだな、ティナ。彼は死刑になる——たぶん。だが、少なくとも彼は自分の運命を知っている。きみと違ってね。

彼はティナをつかまえ、両手を首に回して絞めるふりをする。だが、すぐに手を離し、その身体を押しやる——そして、高らかに笑い出す。

幕

私はまたしても間に合った……

山口雅也（作家）

今年（二〇〇七年）はクリスチアナ・ブランド生誕百周年に当たるのだという。その記念すべき年に、素晴らしい本が刊行されることになった。ブランドの邦訳本未収録作、本邦未訳短編、あるいは貴重なエッセイや未訳シナリオまでも集成して、しかもどの作品にもブランドのシリーズ探偵である《ケントの鬼》コックリル警部が登場するという、まさにファンの渇を癒す待望の作品集――本書『ぶち猫　コックリル警部の事件簿』がそれである（注）。

のっけから私事にわたって恐縮だが、結局のところ、私は一ミステリ・ファンとして幸せな時代に生きられた人間なんだなと思うことがある。

小学校時代にミステリを好きになり、以来、敬愛する本格ミステリの巨匠たち――エラリー・クイーン（ダネイ）やディクスン・カー、クリスチアナ・ブランド、わが国の横溝正史や鮎川哲也と同時代に生き、彼らの新作を、リアルタイムで待つことができた。来月出るのか再来月かと首を長くして好きな作家の新作を待つ、あのわくわくする充実した気分は生涯忘れることはないだろう（ちなみに私はビートルズの現役時代の新譜にも、ぎりぎりのリアルタイムで間に合った最後の幸せなロック世代でもある。――閑話休題）。

しかも、ディクスン・カー以外の巨匠たちには実際に会うことさえできたのだ。今はそのカーも含めた前述の作家全員がすでに鬼籍《きせき》に入ってしまったのだが……ともかく何とか間に合ったのだ！　これをファン冥利に尽きる幸せと言わずしてなんと言おう。

なかんずく、ブランドとの会見は、私にとって特別なものだった。その経緯については前にも書いたのだが、私とブランドとの関わりの中では最重要な出来事なので、ここでもう一度繰り返させていただくことにする。

八〇年代の中頃、まだ作家になる前の私に、ブランドのイギリスの自宅を訪れ、長めの会見をする機会が巡ってきた（隣には、先般、惜しくも夭折してしまった、翻訳家の故浅羽莢子さんが同席していた）。私たちの仕事の目的は、英国のミステリ作家たちから、デパートの展覧会のための展示用に、タイプライターとか文学賞の記念品とか所縁《ゆかり》の品をお借りしてくることだったのが、敬愛する作家を前にして、私はそんな目的のことなどはすっかり忘れ、ブランドに対する個人的な質問攻めに終始してしまった。そして、インタビューの最後に図々しくも、「私は近い将来、あなたのようなミステリ作家になりたいと思っているんです」とまで言ってしまったのだ。

すると、病のためにベッドに横たわったままで、それまでにこやかに答えていたブランドが、急に真顔になって私の顔を見据え、「もし、あなたがミステリ作家になりたいなら、＊＊＊しなさい」と、きっぱりとした口調で言った。その内容は、ブランドの小説の愛読者なら得心がいく、いかにもブランドらしい一つの決定的な《小説作法》だった。

それを聞いて衝撃を受けた私は、その言葉を心の奥深くに留め、以来、作家になろうと書き始めた時も、なってからも、彼女のその教えを常に念頭に置きながら、小説を書くように努めてきた。それがうまく行く時も、自分の技量や気力が足らずにうまく行かない時もあるのだが。

ブランドとの会見で《小説作法》を伝授してもらってから、数年後に彼女は鬼籍に入ってしまった。私は敬愛する作家の訃報に悲しみながらも、心のどこかで、ともかく「間に合った」自分の強運さについて想いを馳せてもいた。

ブランドが教えてくれた＊＊＊の部分については、申し訳ないが口が裂けても明かすことはできない。それが、東洋から突然現れた、信奉者を自称する見知らぬ男に、惜しげもなく一子相伝のような貴重な《小説作法》を教えてくれた師匠の恩に対して、不肖の弟子（もう、自分で勝手にそう思い込んでいますからね）ができる、せめてもの義理立てだと思うからだ。

その不肖の弟子の許《もと》に、師匠生誕百周年の年を記念するに相応しい、興味深い内容のブランド作品集の解説のお鉢が回って来た。素直に嬉しい。光栄なことだし、またしても運命のようなものさえ感じてしまう。

――いや、そんな私的で感傷的かつ非論理的で曖昧模糊《もこ》としたお喋りに筆を費やしている暇はない。ブランドという稀代の作家の美点について一人でも多くの読者に伝え、本書の内容について、しっかり解説するという、不肖の弟子としての責務を果たさねばならないのだ。

クリスチアナ・ブランドは、言うまでもなく、優れた本格ミステリ作家である。作品の質から言ったら、先に触れた、クイーン、カーにチェスタトン、クリスティーを加えた本格ミステリ黄金時代の（私の考える）四大巨匠の後を充分襲える、タイミング的には少し後れてきたが、黄金時代五番目の巨匠としての地位を要求できる作家——と言っても過言ではないと思っている。

その長編代表作における、不可解な謎の提出、怪しげな容疑者《レッドヘリングス》たちの泳がせ方の巧みさ、さりげなく、かつ大胆な伏線の妙、一冊に五冊分ほどのプロットを惜しげもなく投入したような贅沢な多重解決、そしてその果てに示される、驚天動地のトリック、さらには丹念な伏線の回収によって、ジグソーパズルのピースが論理的にぴたりと収まった時に立ち現れる、意外な真相のカタルシス——本格ミステリの美点をすべて備えたような彼女の作品に接して、何度、溜息をつかされたか知れない。

そうした本格長編の精華のような作品を発表するいっぽうで、ブランドはゴシック・ロマンス色に彩られた『猫とねずみ』のような一風変わったサスペンス小説も物しているし、短編においても、長編以上に、自由で多彩な作品の数々を発表している。

ブランドが短編で本格を書く場合は、その長編を凝縮したような充実度で読む者を圧倒する。例としては「ジェミニー・クリケット事件」や「婚姻飛翔」、「事件のあとに」、「スケープゴート」などの系譜が思い浮かぶが、それ以外のノン本格の短編群にも、ブランド独特のアイロニカルな視点の利いたクライム・ストーリーの佳作が多い。——それらの代表短編は、『招かれざる客たちのビュッフェ』（創元推理文庫）に集成されているので、今ではブランドの短編における優れた力量も容易に知ることができるようになった。

さて、そんなふうに短編の名手でもあるブランドの、ファンの渇を癒す本邦二冊目の短編集とは、どのようなものだろう？　本書の多彩な内容・構成などについては、本稿の冒頭で、すでに触れた。ここからは、個々の作品について、簡単なコメントを記してみたい。

冒頭の「コックリル警部」は、小説ではない。評論家のオットー・ペンズラーの依頼によって何人かの作家が自分の持ち探偵のプロフィールを紹介するという企画の研究本から採録された本邦未訳のエッセイだ。ブランドはたった二千語で語るのは無理だとかボヤきながらも、自作の長短編からの引用を丹念に交えつつ、彼女のメイン・キャラクターであるコックリル警部の風貌や性格について誠実に語っている。この文章は懐かしい。全体が訳されるのは今回が初めてだが、私が初めてブランドについての紹介原稿を書くように依頼された時、このエッセイの原文を読んで一部を引用した覚えがある。コックリルが「怒りっぽい外見の下には黄金の心を持つ」こととか、この探偵がブランドの医師をしていた義父をモデルにしている（これは本人にも直接聞いている）こととか、今でも覚えている箇所がある。コックリル物ばかりを集成した本書の幕開けに相応しいエッセイだと思うし、資料的価値も高い。

次の「最後の短編」は、コックリルが登場するものの、フーダニットではなく、倒叙の形式で書かれている。《倒叙》という専門用語も、最近あまり聞かなくなったが、通常の本格謎解きのフーダニットを倒立した形式で書いたもののことを指す——つまり、最初から犯人が明かされていて、その犯罪過程が仔細に描かれ、最後に名探偵が犯人の計画の僅かな瑕疵《かし》を突いて、完全犯罪を崩壊に追い込むというもの。本作は、供述書の形を借りながら、その《倒叙》ミステリの見本のような話となっている。完璧に見える犯罪を支える肝心の要《かなめ》の部分から犯罪が崩壊するカタルシスはフーダニットから得られる感興《かんきょう》に近いものがある。

「遠い親戚」は、嬉しい本邦未訳作。本作にもコックリルは登場するが、ここでも直接彼が推理することなく、遺産相続を巡って、サスペンス・スリラー的な展開で話が推移する。だが、そうした変則的な展開でも、最終的には、ちゃんとフーダニットになっていて、短い枚数の中に伏線や手掛りがちりばめられているのが、ブランドらしいところだろう。

「ロッキング・チェア」では、いよいよコックリル警部が本領を発揮する。十五年前にある島で起こった不可解な事件を、当時を知る作家の語りのみを頼りに推理しようというのだ。つまり、名探偵が現場に行かずに座ったまま事件を吟味する、いわゆる《安楽椅子探偵《アームチェア・ディテクティヴ》》の役をやりながら、古い《ロッキング・チェア》にまつわる謎を、薄皮を剥ぐように少しずつ暴いていくという趣向なわけで、これは実に洒落た会心の作と言えるだろう。

「屋根の上の男」は、これまた嬉しい《密室》状況——雪に降り込められた番小屋で、頭を撃ち抜かれた公爵の死体が発見されるが、凶器の拳銃も犯人の脱出した痕跡も見当たらない——の事件が扱われる。コックリルは、様々な仮説を俎上《そじょう》に載せるが、それらを肯定するにしても否定するにしても、有力な証拠は何一つないという、すこぶるつきの難事件に発展してしまう。そして、短編であるにもかかわらず、ブランドの長編でしばしば見られる、複数の容疑者が目まぐるしく変転していくという、あの《ブランド印《ブランド》》本格ミステリならではの贅沢な場面も用意されているとくれば、ブランド・ファンとしては、もう脱帽するしかないだろう。ちなみに、この作品は「ミステリマガジン」（早川書房）の〈海外作家書下しシリーズ〉の第一回作品である。

　次のショート・ショートの「アレバイ」にも、心底、驚かされた。珍しく酔っ払ったコックリルが、ブランドのもう一人のレギュラー探偵であるチャールズワースにクダを巻くという語り口が実に愉快なのだが、その酔いどれ話のたった四ページの中で、見事に鉄壁のアリバイが崩される。そこで明かされる事件の真相は、完全に読者の盲点……というか、アリバイ・ミステリそのものの盲点を突いたもので、しかも、ショート・ショートという形式でこそ、尚かつ、この語り口でこそ、かろうじて成立する《離れ業《わざ》》になっているところが素晴らしい。長編や短編の本格ミステリの傑作というのは、他の作家にもあるが、ショート・ショートの短さで、本格をやっていて、しかも傑作というのは、本作の他には、私の長いミステリ遍歴の間でも、一つぐらいしか思い浮かばない（さて、誰が書いた何という作品でしょう?）。その意味でも、改めて、ブランドの並外れた技量に舌を巻く一編。グレイトの一言。

「ぶち猫」――最後はいよいよ本書の表題作。本邦初訳の戯曲である。これが本書収録の最後の作品だから、またしても称揚の言葉を繰り返すことをお許しいただきたい。ブランドが映画の脚本を書いていることは知っていたが、こんな素晴らしい出来のオリジナル戯曲を書いていたとは知らなかった（原書のデータによると一九五四〜五五年に書かれたもので、本国でも未刊だった作品。ブランドにはこれを小説化する意図もあったらしい）。三幕物の劈頭《へきとう》から、緊張感溢れる会話とト書き部分の登場人物たちの綱渡り的行動によって、観客（読者）は、飛び切りサスペンスフルな犯罪物語の中へ引き込まれてしまうことになる。三幕目にはコックリルも登場するが、あくまでも狂言回し的な役で、本作の読みどころは、所謂《いわゆる》《夫と妻に捧げる犯罪》を巡る登場人物たちの、切迫した容赦ない会話のスリリングな応酬にあるだろう。

本書を通読してきた最後の最後になって、私は、ブランドという作家の、長編、中編、短編、ショート・ショート、そして戯曲に至るまでの多岐に亘るオールマイティの才能を、改めて思い知らされた気がしている。作品の長短も形式も関係なく、多くの傑作・佳作を残していたブランド——黄金時代最後の巨匠の名に相応しい業績を再確認した。

敬愛する作家ブランドの生誕百周年の記念すべきその年に、タイムリーにも、巨匠からの素晴らしい贈り物を味読できるなんて、これを幸運と言わずして、なんと言ったらいいのだろう。

——私はまたしても間に合ったのだ！

（注）原書の *The Spotted Cat and Other Mysteries from Inspector Cockrill's Casebook*（2002）は、コックリルの登場する長編以外の全作品を集成したものだが、本書はそこから既刊の『招かれざる客たちのビュッフェ』（一九九〇、創元推理文庫）に収録された作を除いて日本独自に再構成したものである。また、原書のデータによると、コックリル物の未完の短編があと二編、存在するという。

収録作品原題

「コックリル警部」Inspector Cockrill
「最後の短編」The Last Short Story（別題 The Telephone Call）
「遠い親戚」The Kissing Cousin
「ロッキング・チェア」The Rocking Chair
「屋根の上の男」The Man on the Roof
「アレバイ」Alleybi
「ぶち猫」The Spotted Cat

〔訳者〕
深町眞理子（ふかまち・まりこ）
1931年東京生まれ。英米文学翻訳家。訳書S・キング『ザ・スタンド』、R・ゼラズニイ『光の王』、A・クリスティー『親指のうずき』、S・ジャクスン『くじ』、A・フランク『アンネの日記』、J・ロンドン『野生の呼び声』ほか多数。著書『翻訳者の仕事部屋』。

吉野美恵子（よしの・みえこ）
日本女子大学英文科卒。英米文学翻訳家。訳書S・キング『デッド・ゾーン』、J・エルロイ『ブラック・ダリア』、R・レンデル『悪意の傷跡』など。

白須清美（しらす・きよみ）
早稲田大学第一文学部卒。英米文学翻訳家。訳書D・イーリイ『ヨットクラブ』、C・ディクスン『パンチとジュディ』、P・マクドナルド『フライアーズ・パードン館の謎』、A・バウチャー『タイムマシンの殺人』など。

ぶち猫《ねこ》　コックリル警部《けいぶ》の事件簿《じけんぼ》
——論創海外ミステリ　69

2007年10月10日　初版第1刷印刷
2007年10月20日　初版第1刷発行

著　者　クリスチアナ・ブランド
訳　者　深町眞理子・吉野美恵子・白須清美
装　丁　栗原裕孝
発行人　森下紀夫
発行所　論 創 社
〒101-0051 東京都千代田区神田神保町2-23 北井ビル
電話 03-3264-5254　振替口座 00160-1-155266

印刷・製本　中央精版印刷

ISBN978-4-8460-0752-2
落丁・乱丁本はお取り替えいたします